D0660837

La Solution Esquimau

DU MÊME AUTEUR

Aux éditions Zulma

L'A26, 1999.
Nul n'est à l'abri du succès, 2001.
Vue imprenable sur l'autre, 2002.
Les Hauts du Bas, 2003.
Flux, 2005 (Grand Prix de l'Humour noir 2006).
Comment va la douleur ?, 2006.

Chez d'autres éditeurs

L'Année sabbatique, P.O.L., 1986.
Surclassement, P.O.L., 1987.
La Place du mort, Fleuve Noir, 1997.
Les Insulaires, Fleuve Noir, 1998.
Trop près du bord, Fleuve Noir, 1999.
Chambre 12, Flammarion, 2000.
Les Nuisibles, Flammarion, 2002.
Parenthèse, Plon, 2004.

PASCAL GARNIER

LA SOLUTION ESQUIMAU

Roman

« À LA MÉMOIRE DE ZULMA
VIERGE-FOLLE HORS BARRIÈRE
ET D'UN LOUIS »
TRISTAN CORBIÈRE

ZULMA
122, boulevard Haussmann
Paris VIIIe

La Solution Esquimau est paru pour la première fois
en 1996 aux éditions Fleuve Noir

ISBN:
2 - 8 4 3 0 4 - 3 7 8 - 6
9 7 8 - 2 - 8 4 3 0 4 - 3 7 8 - 9

N° d'édition : 378
Dépôt légal: octobre 2006
Copyright © Zulma, 2006
Diffusion: Seuil — Distribution: Volumen
zulma@zulma.fr

Si vous désirez en savoir davantage sur Zulma
et être régulièrement informé de nos parutions,
n'hésitez pas à nous écrire
ou à consulter notre site
www.zulma.fr

ℤ

I

———

« Louis a dormi dans le lit des enfants, un lit à étages, dans la couchette du bas, entouré de monstres en peluche, une voiture de pompiers sous les reins. Il doit faire jour. Quelque part dans la rue, un marteau-piqueur défonce un trottoir. Louis se retourne, recroquevillé, les genoux sur le menton, les mains entre les cuisses, le nez écrasé sous la peau duveteuse d'un dinosaure rosé puant la crache et le lait caillé.

« À propos de quoi se sont-ils engueulés hier soir ?… Ah, oui !… Alice voulait se faire incinérer alors que lui penchait pour l'enterrement. Pour Alice, dotée d'un sens pratique rigoureusement vertical, il n'y avait pas à hésiter : premièrement, l'incinération était moins coûteuse, deuxièmement, plus propre, troisièmement, évitait une occupation des sols inutile (imagine ce que l'on pourrait construire à la place du cimetière de Thiais, par exemple !…) et quatrièmement, somme toute assez romantique, ses cendres dispersées au large de Kalymnos, en Grèce (ils y avaient passé leurs dernières vacances) à la proue d'un joli bateau blanc…

« Il l'avait interrompue un peu brutalement : premièrement, quand on est mort on n'en a rien à foutre du prix de son enterrement, deuxièmement, on déverse déjà suffisamment de saloperies dans la mer, troisièmement, les cimetières sont des endroits infiniment plus agréables pour se balader que les cités-dortoirs, et quatrièmement, compte tenu des progrès de la science, il n'était pas impossible qu'un jour on puisse recréer la vie à partir d'un squelette alors qu'avec une poignée de cendres balancée dans la mer, tiens... Un vigoureux bras d'honneur avait ponctué ce dernier argument.

« Et qui paierait ses foutues funérailles ?... Ça ne lui suffisait pas de taper tout le monde de son vivant, il fallait qu'il continue après sa mort ?... Quel égoïsme !... et des fleurs à chaque Toussaint aussi ?... Parfaitement des fleurs ! et même des arbres avec des oiseaux dessus et des chats autour ! N'était-elle pas la première à s'extasier au Père-Lachaise devant les vieilles pierres moussues ? Celle, par exemple, dont la dalle avait éclaté sous la poussée d'un robuste laurier ?...

« Alors pourquoi ne mettait-il pas de l'argent de côté pour se la payer sa vieille pierre moussue ?... Hein, pourquoi...

« Et voilà, le fric, toujours le fric...

« Après, il ne se souvient plus que d'un sordide dérapage vers des problèmes bassement domestiques et d'une cruelle actualité qu'une interminable bataille de chiffres à l'appui avait fini d'embrouiller. Sur ce terrain, il n'était pas de taille à lutter avec Alice. Il avait tranché en se levant de table :

« Puisque c'est comme ça, je ne mourrai pas, c'est ce qu'il y a de plus économique, non ?

« Au fond, c'est là où il voulait en venir, à cette conviction enracinée au plus profond de lui : il ne mourrait jamais.

« Et pourtant cette certitude avait été sérieusement ébranlée au cours de cette dernière année ; quatre de ses amis étaient morts. Bien sûr, en quarante ans d'existence, il en avait déjà connu des morts, mais ce n'étaient pas les mêmes. C'était, soit des personnes âgées, oncle, tante… soit de vagues connaissances dont l'existence du temps de leur vivant était déjà incertaine, ou bien pour des personnes plus jeunes, des accidents, de voiture le plus souvent, des morts normales. Mais les quatre derniers étaient des gens comme lui, fréquentant les mêmes endroits, aimant les mêmes livres, les mêmes musiques, les mêmes films. Leur mort n'avait pas été brutale, ils avaient eu le temps de s'y faire, ils avaient vécu avec pendant des mois, ils en avaient parlé sérieusement, posément, comme de leurs problèmes d'argent, de boulot, de couple. C'est cette attitude de soumission raisonnable qui avait tant secoué Louis. Des gens comme lui (pas tout à fait puisqu'ils étaient morts) avaient accepté l'inacceptable. Quatre en un an.

« Quant aux autres… »

Chaque jour à la même heure je monte dans mon bureau et, en relisant ces pages, je me dis : « À quoi bon écrire une histoire que je connais déjà par cœur ? » Je l'ai tellement racontée autour de moi que j'éprouve pour cette fastidieuse formalité autant d'intérêt que si je découvrais en ouvrant mon programme télé qu'on passe ce soir, sur toutes les chaînes, *Le Jour le plus long*. L'idéal serait de la vendre telle quelle, brute, à quelqu'un qui se passionnerait à l'écrire. Ou qui ne se passionnerait pas mais qui l'écrirait à ma place. C'est pourtant une bonne histoire, il n'y a que madame Beck, mon éditeur, qui émette des réserves. J'ai eu un mal fou à la convaincre.

— C'est l'histoire d'un type, Louis, la quarantaine, gentil mais fauché, qui tue sa mère afin de toucher l'héritage.

Tout madame Beck est dans son nom, quelque chose de pointu, une longue succion acide.

— Pas vraiment original.

— Attendez ! C'est un très modeste héritage. Mais ce n'est pas ça qui compte. Comme tout se passe bien, qu'il n'est pas inquiété par la justice, il se met à tuer les parents de ses amis qui eux aussi sont dans le besoin. Bien évidemment, il ne le leur dit pas, c'est son secret, charité pure, un bienfaiteur anonyme quoi.

Madame Beck baisse la tête, accablée.

— Pourquoi ne continuez-vous pas dans le roman jeunesse ? Vos livres pour enfants se vendent bien…

— Mais c'est un livre pour enfants ! Ce type est très gentil ! Il aime sa mère, il aime ses amis, les parents de ses amis, il aime tout le monde, mais avouez qu'en ce moment, tout le monde est dans le pétrin, non ?… Il tue les parents comme les Esquimaux abandonnent leurs vieux sur un morceau de banquise, parce que… c'est naturel, écologique, bien plus humain et beaucoup plus économique que de prolonger leur interminable corvée dans des mouroirs sinistres. De toute façon, il ne leur fera presque pas mal, ce sera du travail soigné, chaque crime sera préparé et adapté aux personnes concernées avec la même conscience professionnelle qu'un voyage au Club Med. Et puis rien ne nous empêche de faire une fin morale. Par exemple, je peux le faire assassiner par son fils, un garçon d'une vingtaine d'années qu'il n'aurait pas revu depuis très longtemps et qui aurait mal tourné. Une agression dans le métro, par hasard, quelque chose comme ça… Qu'en pensez-vous ?

Deux heures plus tard, madame Beck me tendait un chèque du bout des doigts en détournant les yeux.

Cette maigre avance m'a permis de louer à un ami peintre cette petite maison au bord de la mer dans laquelle je bâille à m'en décrocher la mâchoire depuis presque deux mois.

« Quand je m'éveille ma bouche est ouverte. Mes dents sont grasses : les brosser le soir serait mieux, mais je n'en ai jamais le courage. » Cette phrase d'Emmanuel Bove, la première de *Mes amis*, ne saurait mieux résumer mon état d'esprit. Je quitte donc ma machine déjà recouverte d'une belle couche de poussière pour me consacrer à des tâches plus adaptées à mes compétences : faire la vaisselle, un peu de ménage, entamer la rédaction d'une liste de courses, pain, jambon, beurre, œufs… Ces petites corvées de chaque jour ne me déplaisent pas, elles m'évitent de sombrer totalement dans une existence de grabataire. Et puis l'habitude est une excellente méthode pour se faire à l'éternité. Ensuite, je vais à la plage, quel que soit le temps. Aujourd'hui, il est radieux, un ciel de carte postale avec d'inévitables mouettes vautrées dessus. C'est très facile d'aller à la plage de chez moi, il suffit de suivre la « rue de la mer », tout droit, à cinq minutes. Chaque jour, je m'étonne de cette masse de gelée verte au bout de la rue et du panneau sens interdit planté comme une grosse sucette sur l'horizon. Au fur et à mesure qu'on avance, on est obligé de courber le dos, de baisser la tête à cause du vent qui monte la garde sur la plage. Il fait un froid mentholé. On voit très bien les cheminées du Havre et les tankers attendant leur tour au passage d'Entifer. Il y a certains mots, lorsque l'on ne parle pas, ou pratiquement pas, qui vous explosent dans la tête comme un feu d'artifice : ENTIFER. Mais ça peut être aussi bien : BROSSE À DENTS. Ici je ne parle à personne. Parfois à la dame du tabac qui se trouve rue de la mer.

—Bonjour madame… ça va madame ?…

Elle va comme la mer, elle monte et elle descend puisqu'elle habite au-dessus de son commerce et qu'on ne la voit jamais ailleurs.

Il y a deux personnes sur la plage. Au bord des vagues, elles hésitent : « À gauche ?... À droite ? » Elles se séparent. L'une bombe le torse et fauche une grande brassée de soleil. L'autre virevolte en écartant les pans de son manteau. Elle trébuche dans l'écume, sort de l'eau en levant haut les genoux. Les gens heureux ne sont pas emmerdants. Du moment qu'on leur fout la paix...

Je ne vais jamais bien loin sur la plage.

Au début, oui, j'explorais, je grimpais sur les falaises, sur les rochers. Je revenais fourbu, les poches pleines de cailloux, de coquillages, de bouts de bois. Maintenant je préfère m'asseoir sur le banc des vieux. En cette saison, ils n'y sont pas, il fait trop froid. Un bref instant, je savoure l'extase d'être là où je dois être avec d'autant plus de plaisir que j'en connais l'inéluctable fin, une redescente sévère parmi les humains. La « brute » arrive ! Je reconnais sa démarche pesante, on dirait qu'il pousse une brouette invisible. Les cheveux ras, une tête comme une valise qui aurait fait le tour du monde, des mains comme des pieds et des pieds labourant le sol à chaque pas, quelle qu'en soit la nature, sable, béton, goudron... Toujours un œil au beurre noir ou une main plâtrée, il se bat tout le temps, avec tout le monde, à ce qu'on dit. Pourtant tout le monde l'accepte, on fait avec. Moi, il me terrorise.

Ça fait longtemps que je l'aurais mis en cage, ou abattu, tout simplement. Il m'oblige à me lever, à aller plus loin. Mais loin, c'est vraiment trop loin pour moi. Je décide de rentrer par la plage.

J'adore piétiner les coquillages, j'imagine que ce sont des lunettes d'éditeur. Il n'y a plus personne à présent, les deux autres ont disparu, la brute aussi. Je me sens soudain tellement seul que j'ai l'impression d'être invisible. Le ciel se rétracte au-dessus de ma tête comme une peau brûlée. Le silence me fait un mal d'otite. Je donnerais n'importe quoi pour être ailleurs qu'ici.

« Quant aux autres… ceux qui n'étaient pas morts, pas encore, ils faisaient comme lui, vivaient à plat ventre au fond de tranchées hâtivement creusées, guettant jour et nuit le sniper qui décimait leurs rangs. L'entrée en quarantaine prenait des allures de sortie de secours.

« Louis y passerait bien la journée dans cette chambre d'enfant, tassé dans le petit lit comme un gros légume dans un cageot. Quand il était petit, il pouvait passer des heures comme ça à s'ennuyer. Il ne faut pas croire que les enfants sages qui restent dans leur coin sont de doux rêveurs, qu'ils vivent dans des mondes merveilleux, non, ils s'ennuient, tout bêtement, mais l'ennui de l'enfance est d'une tout autre qualité, une sorte d'opium. Plus tard, on ne s'en souvient plus, les ennuis ont remplacé l'ennui. L'engueulade avec Alice hier soir, ou plutôt ses conséquences, fait partie des ennuis.

« L'atmosphère de la chambre devient soudain irrespirable, la douce pénombre se transforme en tampon de ouate noire qui lui bouche tous les orifices. Louis se catapulte hors du lit, tire les rideaux et ouvre la fenêtre. La lumière du jour et les hoquets du marteau-piqueur lui sautent au visage. Il ferme les yeux, grimace, et retourne vers le petit lit en titubant. Il y a un mot coincé sous la lampe de chevet. C'est l'écriture d'Alice.

« "Si tu pouvais ne pas être là quand je rentrerai, ça serait bien."

« Bien sûr il s'y attendait depuis longtemps, mais pourquoi maintenant ? Cette stupide dispute a mis le feu aux poudres. Comme s'il en avait quelque chose à foutre d'après sa mort !… Il va être obligé de bouger.

« Le choc du moineau contre la vitre de la fenêtre entrebâillée ne fait pas plus de bruit qu'une balle de mousse rebondissant sur un tapis. Ce heurt pourtant si léger se diffuse comme une décharge électrique de la poitrine de Louis à son bas-ventre. Toutes les peurs de l'enfance sont là, tapies dans cette petite boule de plumes grises, d'os minuscules et de chair frémissante prisonnière du rideau. Dehors, le halètement obstiné du marteau-piqueur fait contrepoint aux coups de bec affolés de l'oiseau contre la vitre.

« — Va-t'en !…

« L'oiseau s'immobilise devant la fenêtre murée d'un ciel blanc, mal peint. Louis ferme les yeux en espérant que le piaf se libère de lui-même, mais les coups de bec recommencent à cribler le silence. Il suffirait de se lever, de soulever le rideau et d'ouvrir grande la fenêtre mais Louis se refuse au moindre contact physique avec cet imbécile de moineau. Il lui faudrait un long bâton, une canne à pêche par exemple. Et encore, l'oiseau en se libérant pourrait bien lui sauter aux yeux. Les oiseaux sautent toujours aux yeux, comme les chats, les araignées.

« Un souffle d'air soulève un bref instant le voilage blanc. Cela suffit au moineau pour se propulser par cette ouverture providentielle. Seulement, c'est un tout jeune oiseau à qui personne n'a jamais appris le dedans ni le dehors, c'est entre les quatre murs de la chambre qu'il se met à tourbillonner comme un jouet fou. Épuisé, terrorisé, il se pose sur la corniche de l'armoire, l'œil égaré. L'odeur de la peur fait tourner l'atmosphère en un gaz acide, irrespirable. Puis un nouveau courant d'air vient balayer le rideau. L'oiseau repère le rectangle blanc, il reconnaît son territoire, cet univers sans coin, sans obstacle, qui va de jamais à nulle part. Fou de joie, il s'y précipite. Il a la moitié du corps hors de la chambre quand la fenêtre claque violemment, le broyant par le travers en deux.

« La bouche béante, Louis regarde un duvet gris virguler lentement jusqu'au tapis. Le téléphone sonne au même instant.

« — Allô !… oui, c'est moi, bonjour Richard… non, je n'ai pas oublié que je te devais de l'argent…

oui, je sais, mais… c'est d'un jour à l'autre… écoute-moi !… Richard, je ne peux pas te parler pour l'instant, un oiseau vient de se faire décapiter sous mes yeux… mais non, ce n'est pas encore un truc à moi ! je te jure, j'en suis tout retourné !… Retrouvons-nous tout à l'heure, disons vers midi et demi… où ça ? au restaurant du Printemps, sous la coupole… et pourquoi pas là ?… oui, j'insiste, c'est un très bel endroit… c'est ça à tout à l'heure. »

Pourquoi l'ai-je appelé Louis ?… à cause de ses problèmes d'argent ?… je devais être saoul quand j'ai trouvé ça. Quand je bois, je deviens stupide et je fais des jeux de mots idiots. Ça ne lui va pas, Louis. Il lui faudrait quelque chose de plus jeune, de plus contemporain. Ce type au bout du comptoir par exemple, comment s'appelle-t-il ?… je ne tarde pas à l'apprendre de la bouche du patron en train de le servir, Jean-Yves. Je ne me vois pas appeler mon héros Jean-Yves pendant deux cents pages.

Sans avoir été d'une grande utilité pour l'humanité aujourd'hui, je me sens quand même assez content de moi. Le nombre de pages de la journée n'est pas fabuleux mais comme je n'ai travaillé que deux heures c'est une bonne moyenne. C'est cette histoire d'oiseau qui m'a remis le pied à l'étrier. Ce matin, en ouvrant les yeux, j'ai vu qu'un des carreaux de ma chambre était fêlé. Un duvet blanc était collé sur l'espèce de « z » que formait la fêlure. Je ne me suis souvenu d'aucun choc, mais j'ai le sommeil pesant en ce moment. Quoi qu'il en soit, ça ne pouvait être qu'un signe, une invitation à reprendre ma plume. J'aurais pu écrire plus mais Hélène m'a téléphoné. Elle veut m'emmener en Angleterre pour trois jours. Je suis très content de voir Hélène, mais pourquoi l'Angleterre ? on est très bien ici…

Du coup, je suis retourné à la plage voir le soleil se coucher. C'est curieux ce sable martelé par des pieds de gens qu'on ne voit jamais. Le soleil mettait un temps fou à disparaître, je suis parti avant la fin. En passant je me suis arrêté au café pour boire un demi. Je n'avais pas soif, juste besoin d'être avec des humains, un besoin de stabulation. Beaucoup de gens ici vont au café en chaussons. Le type à côté de moi en porte. C'est un colosse avec des pieds minuscules. Il doit chausser du 38 ou du 39, pas plus. Ça me fascine. Je l'ai croisé plusieurs fois en ville mais je n'avais jamais remarqué qu'il avait de si petits pieds. Je n'ai jamais fait attention non plus au nom du café. Je m'informe. On me répond qu'il n'a pas de nom. Dans le temps il y avait un propriétaire du nom de « Bouin ». Mais depuis ça a changé, d'autres propriétaires se sont succédé. À présent, on va au café ou au tabac, c'est selon.

En attendant dans la plus parfaite hébétude que l'eau de mes pâtes entre en ébullition, je repense au coup de téléphone d'Hélène. Pourquoi ai-je dit oui à ce voyage absurde ?

— Alors, qu'en dis-tu, c'est une bonne idée, non ?

— Pourquoi ne pas passer ces trois jours ici, peinards ?

— Oh non ! J'en ai marre de ton trou, c'est triste à mourir !

— Mais j'ai mon travail, je suis déjà à la bourre…

— Justement, un peu plus, un peu moins… Et puis quoi, tu prends ta machine sous ton bras et tu bosses à l'hôtel. Trois jours, ce n'est pas le bout du monde !

— Trois jours en Angleterre, ce n'est pas trois jours ici.

— Qu'est-ce que tu racontes ?

— Je sais ce que c'est les voyages ! On fait tellement de choses en une journée qu'on a l'impression d'en avoir vécu deux dans le même temps.

— Qu'est-ce que tu peux être pantouflard !

— C'est faux ! Je voyage tout le temps, mais pas dans l'espace, c'est tout.

— Tu n'es pas content de me voir ?

— Bien sûr que si, ça n'a rien à voir…

Ensuite je n'ai plus entendu que sa voix sans les mots. Les petits trous du combiné ne laissaient plus filtrer qu'une mélodie envoûtante, dans une langue inconnue et très douce. J'ai dit oui. Elle a raccroché tout de suite après.

Maintenant je suis bien dans la merde. Elle passe me chercher dans deux jours. C'est rien deux jours, c'est comme si elle avait dit : « Je suis là dans deux heures. » Je regarde autour de moi comme si je voyais chaque objet pour la dernière fois. Il va falloir parler, et en anglais par-dessus le marché!… se perdre, demander son chemin. Je peux demander mon chemin en anglais, mais je ne comprends pas ce qu'on me répond. Ça ne sert à rien. Il va falloir conduire à gauche, la mort nous guette à chaque carrefour. Hélène, avec sa manie d'aller où « les autres » ne vont jamais, va vouloir se faire des émotions dans les pubs les plus sinistres et je me sentirai très mal au milieu des marins ivres de bière qui lui feront de l'œil. Il nous faudra porter de lourdes valises d'un hôtel à un autre sous une pluie battante. Je serai chez des gens qui sont chez eux. En fait, je me retrouve dans la même situation que Louis, la décision d'une femme m'oblige à faire des choses dont je n'ai nulle envie. Ça me le rend tout de suite plus sympathique ce vieux Louis. Téléphone!

— Christophe, comment vas-tu?

— À vrai dire, comme ça…

— Nane? ça ne va pas?…

— Non, elle ça va, enfin, comme d'habitude. Ce n'est pas ça, pas uniquement ça, je ne sais pas, les gosses, le boulot, le fric, le temps qui passe, un peu de tout. Je pensais à toi au bord de la mer, l'air pur… Si j'avais le temps, je passerais bien te voir.

— Sans problème, sauf que je pars après-demain.

— Ah bon, où ça?

— En Angleterre, avec Hélène.

— Ah, c'est bien! tu me raconteras. Bon, je vais te laisser, il faut que je file chez Nane, le toubib doit passer. Bon voyage, t'as du pot mon salaud!

Tu parles ! C'est vrai qu'à côté des siens, mes soucis ne pèsent pas très lourd. Nane son ex-femme, est en train de mourir dans un studio, quelque part dans le XVIᵉ arrondissement. Nane était belle comme un dimanche, comme un jour qui n'aurait pas servi, gentille, intelligente, parfaite. Un matin, elle est partie en laissant à Christophe deux gosses et pas de mot du tout. Il n'a pas cherché à comprendre, il a continué à l'aimer de la même façon, comme un bœuf traçant son sillon. Pas de nouvelles pendant près de quinze ans, et puis il y a un an, ils se retrouvent par hasard. Elle est malade, très malade. Depuis, il s'occupe d'elle comme la mère de Nane aurait dû le faire si elle n'était pas un monstre d'égoïsme. Tout ce qu'elle a fait pour sa fille, c'est lui louer un de ses studios parisiens, au prix fort, uniquement parce que si elle l'avait laissée à la rue, elle risquait des embêtements. J'aimerais bien que Louis existe, vraiment. Seulement il n'existe pas et Nane est si fatiguée que l'héritage ne lui servirait à rien. À savoir même s'il arriverait à temps ?...

J'aurais dû proposer à Christophe de venir passer quelques jours ici avec les enfants. J'y ai pensé et pourtant je ne l'ai pas fait. J'ai reculé devant cette grosse bouffée de malheur. Hélène dirait que c'est par égoïsme. Je ne crois pas. Simplement, j'ai un très grand respect de l'intimité des autres, qu'ils soient heureux ou malheureux.

2

« Juste avant de sauter dans le bus, Louis a croisé dans la rue un acteur connu dont il n'a pas réussi à se rappeler le nom. Il lui a paru plus petit qu'à l'écran. Les jours où ce genre de choses lui arrivent ne sont pas des jours comme les autres. Dans le bus, il s'est assis en face d'un couple de petits vieux somnolents, la tête de l'un sur l'épaule de l'autre. Deux petits vieux mégots écrasés sur la banquette. Il flottait autour d'eux des effluves de bœuf en daube et de parquet ciré. On se serait cru chez eux à l'heure de la sieste. Louis s'est senti soudain submergé par une vague d'émotion incontrôlable, jusqu'à en avoir la nausée. Ce n'était plus de l'attendrissement, il s'effondrait d'amour devant ce trognon de couple. Cela a duré deux stations, la respiration bloquée par un sanglot démesuré. Puis, l'homme a secoué gentiment la femme ; l'alliance à son doigt a accroché l'unique rayon de soleil de la journée. Un petit homme étriqué a pris leur place. Il transportait un immense abat-jour qu'il a posé sur ses genoux. Louis ne voyait plus que ses yeux et le haut de son crâne dégarni. Il avait l'air d'une chose, d'un objet insolite, amovible. Après son départ, un couple de jeunes gens s'est installé à sa place. Louis les a détestés aussitôt. L'homme surtout. Il avait l'air aussi chiant que toute la quincaillerie qu'il venait d'acheter au BHV, des trucs pour couper, poncer, visser, mesurer, tordre et détordre. Pour chaque article qu'il sortait du sac en plastique, il lisait la notice de bout en bout, à voix basse, comme un curé triste. La limande blonde qui l'accompagnait l'écoutait en hochant la tête, l'œil éteint, la lèvre molle. Les week-ends qu'ils devaient passer !…

« Au pied des platanes, les feuilles mortes marouflées par la pluie ressemblaient à des tracts en faveur de la fin du monde. Un peu avant d'arriver au Printemps, un nœud dans la foule l'a obligé à ralentir son pas. Entre les jambes des badauds, on distinguait une forme allongée ; une jambe de pantalon retroussée sur un mollet blême, presque bleu, une chaussette marron roulée sur la cheville d'un pied déchaussé et, plus loin, la chaussure, vieille. Un mort. Sur les photos de faits divers, accident ou crime, la victime a toujours perdu une chaussure. D'instinct Louis a levé les yeux vers les façades d'immeubles penchées sur la rue. Le sniper avait disparu.

« Une bouffée de chaleur et de parfums de femmes lui est montée à la tête dès qu'il a poussé la porte du magasin. Le contact des autres lui a fait soudain horreur. Sentir leur corps frôler le sien lui donnait l'impression de patauger pieds nus dans la vase, de s'enfoncer dans un grouillement obscène, de participer à une partouze répugnante. Il imaginait leurs sous-vêtements douteux, leurs chairs blanches et molles, leurs poils humides, l'odeur écœurante de leur sueur et de leur salive. Le malaise s'est un peu apaisé en arrivant sous la coupole du Printemps. L'immense parapluie de lumière happait le brouhaha des conversations et le cliquetis des couverts. Très vite il a repéré Richard mais il ne s'est pas montré. C'était absolument délicieux de l'observer en train de jouer nerveusement avec son couteau en regardant sa montre ou bien de consulter d'un œil morne le menu presque exclusivement constitué de salades et de desserts. On ne voyait que lui au milieu des mamies proprettes et de leurs petites-filles barbouillées de banana split.

« Je n'irai pas. De toute façon, je ne peux pas lui rendre son fric. Je n'ai rien à lui donner en gage qu'un excellent horoscope pour le mois à venir. Je vais le laisser mariner là.

« Une sorte de soupir bref suivi d'un choc sourd l'a fait se retourner. Une des mamies, à une table tout près de lui, venait de s'écrouler, la tête dans son assiette de crudités. Des filaments de carottes râpées se mêlaient à ses cheveux et une rondelle de concombre était collée sur sa pommette droite. Au pied de sa chaise, un journal barré d'un gros titre : "La vieillesse, c'est bientôt fini !" Impossible de distinguer le moindre reflet sur le canon d'un fusil à lunette sous cette douche de lumière fragmentée filtrant par les vitraux de la verrière. Le coup avait pu partir de n'importe quelle facette de ce kaléidoscope géant.

« Après s'être enfui en courant du grand magasin, Louis a marché longtemps droit devant lui. À présent, il est assis sur un banc, dans un grand jardin, les Tuileries ou le Luxembourg peut-être. Les papas chômeurs se reconnaissent de loin. Ils sont des dizaines à dériver le long des allées, un enfant verrue juché sur le dos, un autre au bout du bras traînant les pieds dans la poussière. Ils se saluent d'un petit sourire fatigué et complice : "Bienvenue au club !"

« Il y en a un à côté de Louis. Du coin de l'œil il surveille une fillette en train d'enfoncer les doigts dans une grille d'égout. Ils sont encore comme ceux des nouveau-nés, tendres et roses comme des crevettes décortiquées. Elle bavote des choses incompréhensibles pleines de syllabes mouillées : "PLE, BLE, MLE…" Son frère, à peine plus âgé, satellisé par le banc, pédale comme un dément sur un tricycle rouge. D'autres bibendums, engoncés dans leurs vêtements d'hiver, se jettent à la tête des poignées de gravier, des camions en bois, des pelles, des râteaux. Tout objet entre leurs mains se transforme immédiatement en projectile. Une heure passée avec eux vous rend complètement idiot. Louis ne déteste pas cet état d'hébétude, il ne sent plus le froid, n'entend plus les cris stridents. Au loin des jardiniers font des petits tas de feuilles qu'ils rassemblent en un grand. C'est un travail qu'il aimerait faire, simple et monotone.

« La petite fille à côté se met à hurler. Un de ses doigts est coincé dans la grille. Il arrive toujours des choses comme ça avec les enfants, la vie est pleine de trous et eux sont pleins de doigts. Le père se met à quatre pattes, tente de mouiller l'index de l'enfant avec sa salive tout en lui murmurant des mots apaisants. L'enfant devient bleu à force de crier. Des femmes viennent prodiguer des conseils idiots au pauvre père rouge de honte.

« — Il faudrait lui mettre du savon.

« — Vous croyez que je me promène avec des savonnettes plein les poches ?

« Il envisage de desceller la plaque et de l'emporter au bout du bras de sa fille mais le petit doigt se libère enfin avec un bruit de bouchon. L'attroupement se disperse, un peu déçu. On attendait les pompiers. Le père fourre un biscuit dans la bouche dégoulinante de morve et de larmes et rassemble en hâte les choses bizarres dont les enfants ne se séparent jamais : lapin en peluche dégoûtant de crasse, carcasse de petite voiture hors d'usage, une antenne de transistor rétractable, un unique patin à roulettes. Il manque quelque chose ?... le petit frère, qui pédale à fond de train vers les grilles ouvertes donnant sur la rue où croisent, menaçants, d'énormes autobus assoiffés de petits garçons sur des tricycles rouges.

« — Quentin !... reviens ici immédiatement !...

« "Nous sommes tous des enfants d'enfants." Cette pensée abyssale entraîne Louis jusqu'à la tombée de la nuit, jusqu'à l'heure où chacun doit rentrer chez soi. »

Il est l'heure d'aller à la plage mais je n'irai pas. Je me suis trouvé une petite irritation dans la gorge et un soupçon de fièvre. Ça me suffira pour chômer cette journée. C'est bien évidemment cette histoire de voyage en Angleterre qui me coupe les pattes. En me forçant un peu, je pourrai être réellement malade quand Hélène arrivera. Je vais ouvrir ma fenêtre et le col de ma chemise en grand, respirer à pleins poumons l'air glacé, chargé d'humidité qui vient de la mer. Voilà, il ne me reste plus qu'à me glisser sous la couette tout habillé, à transpirer toute la journée en m'abrutissant de feuilletons allemands et de jeux télévisés. En principe, j'atteindrai les 38-39 en fin de soirée. Les péripéties verdâtres de l'inspecteur Derrick n'arrivent qu'à me coller un torticolis. Autant fixer le papier peint. Je me perds une petite éternité dans les arabesques compliquées des fleurs délavées qui grouillent le long des murs quand soudain j'ai la certitude que Nane vient de mourir, à l'instant même où j'y pense, pof! comme une ampoule qui claque. Aussitôt, le bavotement cérébral dans lequel je patauge depuis ce matin cesse pour faire place au souvenir étonnamment précis du dernier anniversaire de Nane. Ça se passe dans le ridicule studio que sa mère lui a laissé, au quatrième étage d'un immeuble moderne du XVIe arrondissement. C'est sa mère qui a meublé et décoré l'appartement. Ça dégouline de dorures, de bleu ciel et de rose. Il y a de la moquette jusque sur le siège des chiottes. Nane n'a jamais eu le droit d'y apporter la moindre modification. De toute façon, elle n'en a rien à foutre de mourir dans une bonbonnière. Elle s'est contentée de punaiser quelques cartes postales à la tête de son lit et de mettre des fleurs dans un vase. Rien de plus que ce qu'on fait dans une chambre d'hôpital. Elle s'est installée chez sa mère comme un bernard-l'hermite dans la coquille d'un autre mollusque. Un lit avec une télé devant. Elle vit de sa mort, en autarcie. Comme Hélène le craignait, Nane s'est faite belle. Rouge à lèvres et eye-liner ne font qu'accentuer l'état lamentable de son pauvre visage. Il y a Hélène, Christophe et moi. Nous venons de boire une coupe de champagne. Nane s'apprête à souffler les trente-neuf bougies de son gâteau. C'est trop d'effort pour elle, elle suffoque, il faut faire appel au SAMU. Son corps sous la couverture du brancard ne fait pas plus de relief qu'un parapluie fermé.

Je n'ose pas appeler Christophe. Je me méfie de mes intuitions. Et si ce n'était que mon imagination cherchant par ce biais un excellent prétexte pour ne pas partir en Angleterre ? Le décès de Nane serait une raison imparable. Il y a des prières inconscientes dont je me sais tout à fait capable.

Je suis en train de manger des restes de restes en écoutant d'une oreille distraite les infos à la radio quand on frappe à ma porte. Mon premier réflexe est de chercher une arme. Mais je me ressaisis, il n'est que 19 h 10, on ne tue pas à cette heure-là.

— Bonsoir, je suis votre voisin, excusez-moi de…

— Oui, je vous reconnais.

— Vous savez on n'aime pas déranger.

— Qu'est-ce que je peux faire pour vous ?

— Eh bien voilà… notre fille passe à la télé ce soir à *Questions pour un champion*, vous savez, le jeu…

— Oui.

— Notre télé vient de tomber en panne, alors on s'est dit, le monsieur d'à côté, peut-être que… si ça ne vous dérange pas… vous avez la télé au moins ?

— Oui. Je comprends, entrez, je vous en prie.

— Ah, c'est gentil ! vraiment gentil !… Arlette viens, le monsieur veut bien.

Monsieur et madame Vidal viennent de prendre possession de ma solitude. On se sourit bêtement. Ils ont l'air de deux nains de jardin, tout brillants, tout neufs.

— La télé est en haut. Il faudra excuser le désordre.

— Vous pensez, c'est plutôt à nous de nous excuser, déranger les gens au moment de manger…

— Mais non, j'avais fini. Montez, c'est dans la chambre à gauche.

Je donne trois claques à la couette et j'installe tant bien que mal mes deux visiteurs au bord du petit lit à vingt centimètres de l'écran, je ne peux regarder la télé que vautré sur un lit… J'ai l'impression de m'occuper de deux enfants bien sages.

—Ah ! ça commence juste.

Comme je n'ai pas la place de m'asseoir à côté d'eux, je me glisse derrière. Entre le crâne verni de monsieur Vidal et le lichen bleu argent qui mousse sur la tête de sa femme, apparaît le visage consternant du présentateur de l'émission bientôt suivi par ceux des concurrents, crispés ou hagards. Parmi eux, Nadine, vingt-sept ans, institutrice à Rouen, qui profite de son passage à l'écran pour saluer ses élèves et ses parents qui la regardent sûrement.

—C'est elle ! C'est notre fille. Oh ! Qu'elle a mauvaise mine !…

—C'est le trac, tu parles !… elle est tellement timide vous savez !…

La main d'Arlette vient se nicher dans celle de son mari. J'ai la curieuse impression d'être chez eux. Je n'ose plus bouger de peur qu'ils ne s'aperçoivent de ma présence. Je me demande à qui Nadine ressemble le plus, à son père ou à sa mère ? À personne ou à tout le monde ? Je trouve qu'elle ressemble à l'animateur, une gueule de grossesse nerveuse, l'air de penser : « Je suis peut-être moche mais je suis très intelligente. » Nous nous détesterions dès le premier regard si on nous présentait. Je suis sûr qu'elle est mauvaise comme une teigne. Comment des gens aussi adorables ont-ils pu pondre une pareille pète-sec ? Car ils sont adorables, j'en mettrais ma tête à couper. C'est la première fois que je les vois de si près mais je les ai souvent croisés, de retour du marché, d'une promenade, bras dessus, bras dessous, jamais pressés, protégés, comme dans une bulle. Combien de fois ai-je imaginé et envié leur petite vie admirablement vide, propre et nette, à deux surtout. À chaque fois que je m'engueule avec Hélène, que nous rentrons chacun de notre côté afin de préserver notre sacro-sainte indépendance, je pense à eux. Ce soir ils sont là chez moi, ils regardent ma télé, je peux les toucher, ils sont à moi et pas à cette petite pimbêche qui pérore sur l'écran. J'ai envie qu'ils m'adoptent, immédiatement ! Je serais un très bon fils pour eux, et puis j'habite à côté. Je leur demanderais d'intervenir auprès d'Hélène pour que ce voyage ne se fasse pas…

– … contient de la théobromine. La graine, une fois torréfiée et broyée, sert à faire une boisson…

— Le cacao !…

Le père et la fille viennent d'un même élan de prononcer le mot magique à une demi-seconde de la fin.

– Le cacao ! Bonne réponse ! et vous êtes… CHAMPION !

Pendant un moment la chambre crépite de battements d'ailes, mes deux anges rebondissent au pied du lit en applaudissant des deux mains. D'un côté ça me déplaît que la maigre sèche ait gagné mais ça a l'air de faire tellement plaisir aux deux vieux.

— C'est pas parce que c'est notre fille, mais il faut avouer qu'elle était la plus forte. Depuis toute petite elle apprend ce qu'elle veut, elle retient tout, hein, Arlette?

— Oh, oui! Elle a toujours été sérieuse aussi. Parce qu'on peut être doué, ça ne suffit pas, il y a le travail!… De toute manière, on ne donne pas un diplôme d'institutrice à n'importe qui, n'est-ce pas?

— Bien sûr! Ça s'arrose une victoire comme ça! Vous allez bien prendre un petit verre?… mais si, mais si!

Ils me cassent les pieds avec leur fille, et moi alors? On descend. Je lave trois verres sous le robinet de l'évier et débouche une bouteille de chablis.

— C'est sympathique chez vous, tous ces objets, ces dessins, ça fait un peu artiste. Vous faites quoi dans la vie?

— Ce n'est pas ma maison, je la loue à un ami peintre. Moi, j'écris des livres.

— Ah bon!…

J'attends que le: «Ah bon» soit redescendu des sphères célestes où on l'avait envoyé pour trinquer aux amours improbables de Nadine.

— À Nadine! Hum!… Il est bon, hein, Arlette?

— Très! Nous on pensait que vous étiez dans le cinéma. On a cru voir des gens connus s'arrêter chez vous. Mais par hasard! on ne vous espionne pas vous savez!

— Je m'en doute bien. Mais oui, j'ai quelques amis acteurs.

— Ah!… tu vois, Louis, j'avais raison!

—Je vous demande pardon, vous vous appelez Louis ?

—Oui, je m'appelle Louis, pourquoi ?

—Pour rien, c'est bien Louis.

—Bof, il faut bien s'appeler quelque chose. Et vous, c'est comment ?

—Pierre.

—C'est bien aussi Pierre. Si on avait eu un fils, on l'aurait appelé Pierre, hein, Arlette ?

—Oui, c'était Pierre ou Bruno. Mais ça a été Nadine.

Je propose un autre verre. Louis accepte. Arlette pose sa main sur le sien. Louis parle de son boulot d'avant la retraite, les chemins de fer. J'entends mais je n'écoute pas. J'essaie de retrouver mes traits dans ceux de son visage et, bien entendu, j'y parviens. C'en est même frappant. Je me demande comment Arlette ne s'en est pas encore aperçue.

—C'est pas tout ça, on vous a assez dérangé, je parle, je parle…

—Ça, c'est bien vrai, quel bavard tu fais !… venez donc déjeuner avec nous demain, c'est le jour du marché. Vous aimez le poisson ?

—C'est que… eh bien oui, volontiers.

—Alors à demain Pierre, et encore merci !

Pourquoi leur ai-je menti sur mon nom ?… mais lui s'appelle bien Louis…

3

———

« La mère de Louis prend ses médicaments de la semaine en une seule fois, le lundi matin pour être sûre de ne pas les oublier. C'est son meilleur jour de la semaine. Elle rit pour un oui, pour un non, passe une heure à fixer les motifs de sa toile cirée, change les bibelots de place et finit par se lancer invariablement dans une recette compliquée dont elle ne possède que le quart de la moitié des ingrédients. Cela n'a pas d'importance puisqu'elle ne termine jamais ce qu'elle entreprend. À huit heures, elle s'écroule comme une masse pour au moins douze heures.

« Louis a senti l'odeur du bout du couloir, quelque chose de puissant qui lui a caramélisé les narines et s'est plaqué sur son visage comme un masque de cuir. La radio et la télé marchaient à fond. Sa mère, recroquevillée sur le canapé, lui fait penser à une boîte d'allumettes renversée. Elle a des os d'oiseau qui saillent n'importe comment sous sa petite robe noire. Une touffe de duvet mauve signale la présence de la tête. Louis baisse le volume de la télé, coupe la radio et se rend à la cuisine qu'il traverse sans respirer, la main tendue vers le bouton du gaz. Deux côtes de porc fossilisées gisent au fond d'une casserole culottée de chocolat carbonisé. À côté, un livre de cuisine est ouvert à la page 103, "Poulet au cacao". Dans le frigo, Louis déniche une tranche de jambon, un yaourt, une pomme et retourne s'asseoir au salon. Avant de manger, il cale sa mère avec des coussins, arrange l'oreiller sous sa tête et pose sur ses jambes un plaid écossais. Il aime bien regarder la télé avec elle, surtout quand elle dort. C'est une émission de monsieur Tout-le-monde, faite pour monsieur Tout-le-monde, où il est question de monsieur Tout-le-monde. Louis ne cherche pas à essayer une autre chaîne. Il regarde la télé, pas ce qu'il y a dedans. C'est comme dans la rue, comme partout. Ce qui se déroule devant ses yeux n'est qu'un prétexte pour laisser vagabonder son imagination. Tout est bon, ça peut être n'importe quoi, n'importe qui. Ça lui arrive parfois de suivre quelqu'un au hasard dans la rue, jusqu'à ce qu'il en ait marre. La dernière fois, c'était gare de Lyon, une femme avec un colis. Elle l'avait conduit jusqu'à Melun. Il pouvait être une heure, le train était à moitié plein. Louis s'était assis à quelques places de la femme de manière à l'observer sans qu'elle s'en aperçoive. La cinquantaine, osseuse de la tête et du torse, plus molle de la taille aux chevilles. Elle lisait *Femme Actuelle*, les coudes appuyés sur le colis posé sur ses genoux. Ce colis était tellement bien fait qu'il avait l'air d'un faux ; papier kraft parfaitement plié, ficelle tendue et nouée en une élégante mais solide rosette, le nom du destinataire écrit en lettres bâton (M... quelque chose) du travail de pro.

« La taille des immeubles diminuait à mesure qu'on s'éloignait de Paris, des tours, puis des bâtiments de quatre étages, des maisons indivi-duelles et enfin un cimetière, juste avant les champs de betteraves. Très vite, cette même progression reprenait mais dans le sens inverse en approchant de Melun.

« La centrale de Melun! le colis!... Cette femme allait rendre visite à quelqu'un en prison. À un fils?... un mari plutôt. Ce n'était pas le genre de femme à faire sauter un bambin sur ses genoux. Melun, c'étaient les longues peines. Depuis combien d'années faisait-elle ce voyage? Combien de fois par semaine? Il y avait quelque chose d'à la fois triste et comique dans cette image de femme en pente qui agitait sous son nez les mots "femme actuelle". Qu'est-ce qu'il avait bien pu faire ce type pour se retrouver en prison?... tuer pour de l'argent?... pour le donner à cette femme?... À Melun, Louis avait laissé la "femme actuelle" se dissoudre dans la foule. Au premier coup d'œil il avait compris que Melun était une ville triste, plate, inutile. Il avait bu un café en attendant le prochain train pour Paris.

« La mère de Louis pète un petit coup, très bref, uniquement sonore. Combien va-t-elle lui donner?

mille francs, deux mille francs?... Elle ne refuse jamais de lui donner de l'argent, mais au compte-gouttes, à son rythme de vieille, pour qu'il ne s'éloigne pas. Déjà du temps de son père, ça se passait comme ça. Profitant de l'incontournable sieste paternelle, elle le prenait à part dans la salle à manger, une table catafalque entourée de huit chaises, maigres, inamovibles, flanquée du buffet massif où dormaient des piles d'assiettes qu'on ne sortait qu'une ou deux fois l'an. On n'entrait prati-quement jamais dans cette pièce, juste pour encaustiquer les meubles, même rituel que lorsqu'on allait fleurir la tombe de grand-mère à la Toussaint. Les rares dîners qu'on y donnait étaient toujours tristes, des collègues de travail de son père ou bien des membres de la famille, un univers d'adultes aussi glacé que l'acajou verni du mobilier. Il fallait se tenir bien, ce qui voulait dire se retenir de tout. Dès que ses parents ouvraient la porte vitrée tendue de rideaux de dentelle au crochet qui séparait la salle à manger du salon, ils n'étaient plus les mêmes, ils endossaient un garde-à-vous amidonné et parlaient un ton au-dessous comme dans un musée. Eux non plus n'aimaient pas aller dans la salle à manger, ils préféraient de loin la cuisine, mais c'était comme ça, les grandes personnes avaient des obligations, des devoirs et des salles à manger. C'est à cause de petites choses comme ça que Louis avait toujours refusé de devenir une grande personne et, à quarante ans, il tenait toujours le coup.

« — Louis, tu m'écoutes ?

« — Oui, maman.

« — Je t'ai déjà donné mille francs pour l'assurance de ta voiture il y a quinze jours. Je t'en donne encore mille mais après je ne peux plus. Tu sais, il a fallu refaire la porte du garage, ça nous a coûté les yeux de la tête.

« — Je t'ai dit que je te les rendrai !

« — Chut !… ton père est à côté… ça n'est pas la question, si je pouvais, tu penses bien… c'est simplement qu'en ce moment…

« Louis n'avait pas honte de leur demander de l'argent. Ils en avaient, pas beaucoup, mais plus que lui. Le visage de sa mère disparaissait dans la pénombre. Seul un reflet dans ses lunettes envoyait des signaux quand elle bougeait la tête. Ils n'allumaient la lumière que lorsque l'obscurité était totale, en hiver comme en été. Ce n'était pas par avarice mais plutôt pour respecter le souvenir d'une époque où l'économie était autant une vertu qu'une nécessité. La mère de Louis ouvrait le buffet et tirait quelques billets d'un écrin de ménagère imitation lézard. C'est là qu'elle cachait son petit magot. Tout le monde le savait mais personne n'en disait rien. C'était comme la salle à manger, la sieste de son père ou l'éclairage tardif, un assemblage de coutumes aussi hermétiques et serrées que les brindilles d'un nid.

« — Mets ça dans ta poche et ne dis rien à ton père.

« — Mais non. Merci maman.

« De l'autre côté de la cloison, le père de Louis savait pertinemment ce qui se passait entre la mère et le fils et ça lui était bien égal. Cela faisait partie du jeu. Louis fourrait les billets en vrac dans sa poche, ce qui faisait tiquer sa mère ; les billets, ça se plie en deux dans un porte-monnaie.

« — Bon maman, il faut que je file, je vais être en plein dans les embouteillages. Embrasse papa.

« Au bout de la rue, le pavillon tenait en entier dans le rétroviseur. Si on l'avait retourné, il serait tombé de la neige.

« Il se passe quelque chose de très étrange sur l'écran de la télé, la date de naissance de sa mère vient de s'afficher : 07/10/21. Louis monte le son.

« — Si la personne dont la date de naissance est : 07/10/21 nous regarde, qu'elle téléphone, elle vient de gagner cette superbe caravane !

« Une sorte d'igloo carré rutilant de chromes occupe tout l'écran ; W.-C. douche, double lit rabattable, plaque électrique, four, frigo…

« Louis écarquille les yeux, des yeux d'enfant devant un gros jouet de Noël. Il la veut cette caravane, il la veut pour lui tout seul. C'est là-dedans qu'il veut vivre et nulle part ailleurs. Une vie toute neuve dans une caravane toute neuve. Ça lui paraît évident, c'est le destin qui a programmé cette émission juste pour lui. Et ce n'est pas tout. Il veut tout le reste, tout ce que sa mère possède, ses petites économies, le pavillon, la vie de sa mère.

« Le rouleau de film plastique qui traîne sur la table n'est pas non plus là par hasard, il n'y a plus de hasard mais les dernières pièces d'un puzzle qui s'emboîtent parfaitement les unes dans les autres. Jusqu'à sa mère qui se retourne, offrant son visage à la feuille de plastique que Louis s'apprête à appliquer dessus.

« — Toi aussi tu es toute neuve, tu brilles, tu n'as plus une ride. Ça ne va pas te faire plus de mal que quand tu m'as donné le jour. Tu me mets au monde une deuxième fois.

« À peine un frémissement, une brise légère dans un feuillage, les doigts qui s'ouvrent et se referment. La vieille femme, emballée comme un poulet de supermarché, vient de mourir sans faire d'histoires.

« Pendant une seconde Louis repense à la femme au colis dans le train, à son homme dans la centrale de Melun. Mais non, ça ne lui arrivera pas, c'est une affaire de famille entre sa mère et lui. Ça ne regarde personne, un peu plus tôt, un peu plus tard… pour elle ça ne change pas grand-chose, et pour lui, tout. Une nouvelle vie commence, une vraie vie, une vie d'orphelin. »

4

———

Au fond, ça m'est égal que les Vidal soient bêtes, banals et pas particulièrement gentils. Au début du déjeuner ça m'a fait un peu de peine et puis je me suis rabattu sur la bouffe et le pinard. Je me suis gavé comme une oie, jusqu'à ce qu'ils m'apparaissent à nouveau beaux, radieux, symboles du couple parfait, uniques. J'ai bien vu que, par moments, mes réactions excessives leur faisaient lever les sourcils, mais les artistes, c'est toujours un peu zinzin. Ils avaient l'air quand même contents quand je les ai quittés, après le café calva.

J'adore faire la sieste sur la plage, bien à l'abri du vent, adossé à la jetée, les pieds calés dans le sable, les mains dans les poches de mon caban, le visage offert au soleil. Lentes explosions, rouges, vertes, jaunes derrière mes paupières closes. Quand j'étais petit, j'adorais m'appuyer sur les yeux ou fixer une ampoule pour faire naître des feux d'artifice dans ma tête. Arlette a eu cette expression magnifique en parlant d'une de leurs relations qui s'adonne à la boisson : « Il a la figure complètement dévisagée par l'alcool. » Elle en sort pas mal des comme ça.

Ça devait être aussi destiné à Louis qui commençait à avoir les yeux vitrifiés par les apéros. Elle l'a empêché de me montrer sa cicatrice d'opération. « Si tu crois que c'est ragoûtant après manger !... »

Trois chevaux passent au galop, très loin, au ras de l'écume. Le bruit des sabots sur le sable dur me parvient, très légèrement décalé. C'est ce que je ressens depuis ce matin, je suis imperceptiblement décalé, à côté de tout. Ce n'est pas désagréable, un peu spectateur, un peu touriste.

— Ce matin, Louis, le mien, a assassiné sa mère.

— Voilà une bonne chose de faite. Je l'ai dépucelé. Juste après avoir débranché la machine, coup de téléphone d'Hélène ; le voyage en Angleterre est reporté à une date ultérieure. (Quel malheur !) Des problèmes au journal, des problèmes avec sa fille, rien que des problèmes.

— Je suis désolé ma pauvre chérie, qu'est-ce que je peux faire pour toi ?

— Rien mon amour. On aurait dit qu'ils s'étaient tous donné le mot hier, du matin au soir. Nat m'a fait une séance !... je ne sais pas ce qu'elle a en ce moment.

— Elle a seize ans.

— Eh ben, c'est pas marrant. Elle a fichu le camp je ne sais où, si jamais tu as des nouvelles...

— Bien sûr, si elle m'appelle, je te fais signe aussitôt.

Pauvre Hélène, encerclée par « les autres ». Si tu m'écoutais de temps en temps ?... on s'enfermerait ici pour toujours. On n'irait jamais en Angleterre, jamais plus loin que la plage, on ne verrait personne à part les Vidal, par-ci par-là. Ils sont très gentils tu sais, pas besoin d'être intelligent avec eux. On mangerait, on ferait l'amour, on dormirait soudés l'un à l'autre comme des siamois. Autour de nous, il y aurait la guerre puis la paix, l'été et l'hiver, mais on ne s'apercevrait de rien. On ne saurait même plus faire la différence. Qu'est-ce qu'ils ont à foutre là-dedans « les autres » ? Tu te souviens, l'autre jour quand on est resté quarante-huit heures au lit, c'était pas formidable ?…

— Mais on ne peut pas passer sa vie au lit ! Avec quoi on vivrait ?

Eh bien, on ferait comme mon Louis. Rappelle-toi, après ce fameux anniversaire chez Nane, après avoir raccompagné Christophe. Dans la voiture, tu disais :

— Ce qui me fait mal au cœur, c'est qu'elle n'aura jamais profité du pognon de sa pétasse de mère. Au moins, pour la dernière année, elle aurait pu voyager, faire tout ce qu'elle n'a pas pu faire…

— Il y a des années que Nane ne veut plus rien du tout. Ou alors un même jour, toujours recommencé.

— Peut-être, mais ça me fait mal au cœur quand même. Quand je vois tous ces vieux cons qui ne savent pas quoi faire de leur fric, de leur temps… Mon père change de bagnole tous les deux ans, il ne s'en sert qu'une fois par mois, ma mère guette les nouvelles cafetières électriques, elle en a sept. Tu te rends compte, sept cafetières !

— Tu hériteras.

— Tu parles ! Ils sont solides comme des rocs ! De toute façon, je ne souhaite pas leur mort, mais…

— Mais c'est comme la retraite, on aura une grande barbe quand on pourra en profiter.

— Exactement. Et toi, tu ne crois pas que l'argent de ta mère te serait plus utile qu'à elle ?

— Certainement.

— Alors, quoi, c'est quand on n'aura plus envie de rien qu'on pourra tout faire ? Tu parles d'une arnaque !

— Moi je m'en fous, je n'aurai pas de retraite, je suis condamné à la gloire. Mais toi, si tu comptes sur Nat et ses copains pour te payer la tienne, c'est mal barré. Tout ce qu'on peut souhaiter, c'est qu'une épidémie emporte tous les vieux cet hiver.

— Ils sont tous vaccinés.

Ensuite, nous n'avons plus rien dit, partagés entre la culpabilité de ces pensées parricides et nos rêves d'héritage. Nous n'arrivions plus à sortir de cette voiture, la nuit ressemblait à un grand trou noir avec du vide dedans, à ces boîtes remplies de coton imbibé d'éther dans lesquelles on tue les chatons. C'est le lendemain que nous sommes restés deux jours au lit.

Je n'ai plus de cigarettes. Il commence à faire frais, le vent a tourné. Ce soir, programme minimum, un yaourt et au lit. Je me sens tout à coup épuisé, la fatigue me tombe dessus comme un grand manteau mouillé. Brève escale au café sans nom où j'apprends qu'on aura de la pluie demain. Je compte les pas qui me rapprochent de la maison. À 341, je m'arrête, il y a quelqu'un accroupi devant ma porte.

— Nathalie ?… qu'est-ce que tu fiches ici ?

— Je suis venue te dire un petit bonjour. Je te dérange ?

— Bien sûr que non, entre.

Une bourrasque de vent glacé profite de la situation pour s'engouffrer en même temps que nous. J'ai un mal fou à refermer la porte.

« — Louis ! Ça fait un sacré bout de temps !… vous n'avez pas vraiment changé… un peu grossi peut-être.

« — Un peu, oui. Bonjour Solange, vous avez l'air en pleine forme.

« — Faut le dire vite ! mais hein, on fait pas du neuf avec du vieux.

« Louis est persuadé du contraire. Il sourit à la mère d'Agnès, sa première femme. Une voix venant de l'intérieur met un terme à ce face à face embarrassant.

« — Fais-le entrer Solange, vous n'allez pas rester plantés sur le paillasson !

« — Bien sûr !… entrez, Louis,… oh ! des glaïeuls ! Il ne fallait pas ! Merci Louis.

« Rien n'a changé si ce n'est une très fine pellicule de poussière veloutant les meubles, les murs et les parents d'Agnès. Des années qu'il n'a pas mis les pieds ici, dix ans, peut-être plus. Raymond éteint, sans doute à regret, la télé et sert le Ricard. Solange virevolte autour des glaïeuls qu'elle dispose dans un vase de cristal taillé souvenir d'un voyage en Hongrie. Le froissement du papier Cellophane occupe un moment le silence.

« — Santé Louis !

« — À votre santé.

« — Oh là là ! Raymond ! tu y as été un peu fort sur la dose !

« — Ben quoi ? pour des retrouvailles comme ça, faut ce qu'il faut !

« — Au fait, condoléances pour votre maman, Agnès nous a dit. Ça lui faisait quel âge ?

« — Soixante-seize, soixante-dix-sept, je ne sais pas.

« — Ah bon…

« Pendant un instant, Louis les entend soustraire leur âge de celui de sa mère et constater, effarés, l'infime différence. Puis…

« — Enfin… vous savez que ça nous a fait tout drôle votre coup de fil, l'autre soir, après si longtemps !…

« — Je m'en doute bien. Ça m'est venu comme ça, après avoir parlé à Agnès. Le temps passe si vite…

« — Ça oui, mais il ne se passe pas grand-chose, pour nous en tous cas, le train-train… je vous en sers un autre ?… Allez, allez…

« Ça c'est passé la semaine dernière. Par la fenêtre de sa caravane, Louis regardait les péniches glisser sur la Seine. Il s'est installé au camping du bois de

Boulogne. C'est très calme en cette saison. Cela fait deux mois qu'il y est, juste après l'enterrement de sa mère. À ce sujet, il n'a pas été inquiété un seul instant. Personne n'ignorait la façon dont sa mère prenait ses médicaments ni l'état de son cœur. Il se sentait bien, comme chaque jour depuis deux mois. Le bonheur ça donne envie d'en parler aux autres, rien que pour leur dire qu'il existe, qu'il faut y croire. Il a donc ouvert son agenda à la lettre « A » et il a décroché son téléphone. Les deux premiers « A » étaient absents, mais Agnès lui a répondu. Elle aussi, des années qu'il ne l'avait pas vue, juste des nouvelles, par-ci par-là.

« Au début de l'entretien, tout allait bien pour elle et puis, au fur et à mesure, rien n'allait plus. Jacques, l'homme avec qui elle vivait depuis sept ans venait de perdre son travail, le sien n'allait guère mieux. Fred, le fils qu'elle avait eu avec Louis vingt-deux ans auparavant, ne lui créait que des soucis. Elle ne savait pas où il était, en Hollande ou en Angleterre, certainement en train de traficoter dans des histoires de drogue. Mais quoi d'étonnant, Louis ne s'en était jamais occupé. Enfin, bref. En revanche, les deux autres, un garçon et une fille qu'elle avait eus avec Jacques (et dont Louis ne se souvenait jamais des prénoms), poussaient sans problèmes. Ah, s'ils avaient un peu d'argent, ils achèteraient un camion et iraient vendre des frites et des gaufres loin de Paris, dans des endroits où les gens sont toujours en vacances, et ce serait la belle vie, enfin…

« Louis avait écouté jusqu'au bout ce rêve forain et avait quitté Agnès en lui promettant de lui envoyer un chèque. Il s'était senti tout ému après avoir raccroché. Il connaissait Jacques, un brave type qui aimait Agnès comme lui-même aurait voulu l'aimer sans jamais y parvenir. Ça lui faisait de la peine de les voir dans l'embarras. Le chèque qu'il allait envoyer ne serait bien évidemment pas suffisant pour assouvir leur rêve d'évasion, mais il y avait un autre moyen de se montrer généreux. Juste au-dessus du numéro d'Agnès, il y avait celui de ses parents. Il y a des numéros qu'on garde sans trop savoir pourquoi, et puis un jour, on sait.

« À la moitié du repas tout au beurre, Louis se sent déjà très lourd. Il lui faut fournir des efforts surhumains pour suivre les méandres de la conversation, celle de Solange surtout, Raymond se contentant de combler les vides par des haussements d'épaules et des hochements de tête lourds de signification. Il n'est question que de malheurs arrivés aux uns ou aux autres, toujours des gens que Louis ne connaît pas ou à peine mais que le décès ou la maladie fait renaître un court instant.

« — Mais si ! Vous vous souvenez bien de Jean, le grand Jeannot ! Il était à votre mariage, c'est lui qui faisait le nain en enfilant les manches de sa veste à l'envers avec les mains dans ses chaussures… eh bien il est mort.

« Et ainsi de suite, comme à la bataille navale : "Le grand Jeannot, coulé !" La retraite leur avait été fatale. Ils se racornissaient lentement comme deux croûtes de fromage sous une cloche de verre, sourds à tout ce qui venait de l'extérieur. Ils dérivaient sur leur petit bout de banquise, chaque jour plus étroit.

« — Notez que Jacques on l'aime bien, mais il est trop gentil, il se fait avoir tout le temps. On les aide comme on peut, mais on n'a pas la bourse à Rothschild ! Encore un peu de café ?

« Louis ne parle presque pas. Parfois il rectifie une date, un détail concernant un souvenir du temps où il était leur gendre. Peu à peu la conversation s'effiloche, il les sent gênés, il les a toujours intimidés, ils n'ont jamais pu le tutoyer même du temps d'Agnès. Ils se demandent ce qu'il veut à la fin. Louis aimerait bien les caresser comme deux chiots dans un panier.

« — Bien, je vais vous quitter, je vous ai déjà assez embêtés comme ça.

« — Pas du tout ! Faut revenir nous voir de temps en temps. Ça nous a fait plaisir, pas vrai, Raymond ?

« Raymond acquiesce d'un coup de tête et en profite pour consulter sa montre. Ça va, il ne va pas rater le début de son feuilleton. En se séparant sur le perron, Louis vérifie si la clé de secours est toujours à sa place dans le pot de géraniums. Elle y était déjà du temps où Agnès vivait chez eux. Non, rien n'a changé. »

5

À mes pieds, la mue douteuse des vêtements que je
porte depuis plus de dix jours, pantalon de survête-
ment informe, tennis sans lacets, vieux pull constellé
de tâches de peinture. D'accord j'ai un peu de bide,
mais j'ai de belles jambes et de belles mains. Mouais.
De toute façon, on a toujours l'air con planté à poil
devant un miroir. Mon Dieu comme c'est bon de
s'allonger quand on est fatigué, de pisser quand on a
envie, de manger quand on a faim et de boire quand
on a soif. C'est avec des trucs comme ça qu'on vous
vend la vie à n'importe quel prix. Ça me fait drôle
d'entendre dans la maison des bruits qui ne sont
pas les miens. J'ai installé Nathalie sur le divan du
bureau et je le regrette déjà. À tous les coups elle va
dormir jusqu'à midi et je ne pourrai pas bosser
demain matin. Quand je dors chez Hélène, j'aime
bien les entendre papoter le soir dans la salle de
bains. Du fond du lit je les imagine devant la glace,
grimaçant ou se tordant les cheveux, les ongles cran
d'arrêt se déclenchant au moindre bouton.
L'épaisseur de la cloison et les différents objets
qu'elles serrent entre leurs dents (épingles, pinces,

élastiques) m'interdisent tout accès aux secrets qu'elles échangent. Quelques mots, parfois :

— Nicolas ?… ça fait un mois que c'est fini !

— Non, pas ce pot-là, c'est le mien !… D'ailleurs c'est pas bon pour ta peau.

Et moi, les mains sous la tête, je souris au plafond, aussi heureux qu'un haricot germant entre deux couches de ouate humide.

Tout à l'heure, à table, Nat m'a dit qu'elle ne resterait qu'un jour ou deux, le temps de décompresser. Ça ne va pas du tout avec sa mère.

— Qu'est-ce qu'elle est chiante en ce moment ! On ne peut rien lui dire, je ne sais pas ce qu'elle a.

— Elle a quarante ans.

— Eh ben, c'est pas marrant.

J'ai déjà entendu ça quelque part. Et puis il n'y a pas que sa mère, il y a le bahut, le bac, pour quoi faire ? Autant apprendre à être dans la merde le plus tôt possible. Et puis le sida, et puis elle s'emmerde avec les gens de son âge, et avec les vieux aussi. Enfin, ras le bol, quoi, elle est venue voir la mer.

Je lui ai fait des œufs avec un reste de lentilles. Elle n'en a pas laissé une miette.

— T'as vraiment rien comme dessert ?

— Non, j'ai bossé toute la journée, je n'ai pas fait les courses. Ça ne te coupe pas l'appétit la déprime.

— Non, c'est le contraire, je bouffe dix fois plus.

Elle a fumé toutes mes clopes, bu je ne sais combien de cafés sans s'arrêter de parler, des phrases comme les cigarettes, les unes à la suite des autres, ponctuées de citations littéraires plus ou moins bien digérées, avec toujours la mort comme plus haute aspiration.

—Nathalie, regarde-toi, tu as l'air d'une veuve sicilienne, tu es toujours en noir, comment veux-tu…

—C'est la mode.

—Je croyais que tu ne voulais pas être comme tout le monde ?

—Pas pour les fringues, ça n'a rien à voir.

Elle a encore un gros nez d'adolescente qu'elle cache en rabattant ses cheveux sur sa figure. Elle sent encore le lait aigre. Ça me fait bizarre de la voir ici sans sa mère.

—Bon écoute cocotte, je suis vanné. Tu vas t'installer sur le divan du bureau pour ce soir. Je te ferai un lit demain. Je n'ai pas le courage de sortir les draps et les couvertures. Ça ira ?

Ouais, ouais, elle s'en fout. De toute manière, elle n'a pas sommeil, elle va lire.

—Au fait, maman t'a appelé ?

—Oui.

—Si elle rappelle, tu ne lui dis pas que je suis ici.

—Là, tu m'en demandes un peu trop ! Tu penses bien qu'elle va s'inquiéter.

—Alors, tu ne l'appelles pas ce soir.

—Bon d'accord. C'est toi qui lui téléphones demain.

—On verra. Tu la trouves pas chiante, toi, des fois ?

— Comme tout le monde. T'es pas chiante toi ?

— C'est pas pareil, c'est elle l'adulte, c'est à elle de comprendre.

— On en reparlera demain.

Tellement pratique demain. Tout ce qu'on n'a pas fait, tout ce qu'on fera, demain ! C'est ce qui doit être le plus déroutant quand on meurt, plus de demain. À part quand elle se met dans la tête de m'emmener en Angleterre, Hélène n'est pas très chiante. Si, au supermarché. C'est toujours en arrivant à la caisse qu'elle se souvient d'avoir oublié quelque chose. Elle me laisse seul avec le Caddie bourré, les gens qui fulminent derrière et la caissière qui s'impatiente. Quand elle revient enfin avec son indispensable paquet de cotons-tiges, après avoir pris tout son temps pour ranger méticuleusement nos achats dans les sacs, elle va éplucher la note article par article et gare à l'erreur ! Là, elle est chiante. Quand elle veut faire l'amour dans la nature aussi. Je déteste ça, les cailloux, les petites bêtes, les grains de sable et surtout cette pénible impression d'être observé. Il n'y a pas d'endroits plus surpeuplés que les petits coins tranquilles.

On ne s'engueule que pour des choses comme ça. C'est sans doute ce qui me manquerait le plus si nous nous séparions. Tout à l'heure, Nathalie m'a demandé pourquoi nous ne vivions pas ensemble. Je lui ai répondu comme elle l'a fait à propos de ses vêtements : « Parce que c'est la mode. » J'ai lancé ça comme une boutade mais à bien réfléchir, je crois qu'il n'y a pas d'autres raisons. Qu'est-ce qu'elle fait ?… elle met de la musique ! Un rythme binaire obstiné fait tressauter les fleurs du papier peint. On n'entend que les basses, pareilles aux pulsations du sang sur une dent gâtée. J'hésite à taper au mur, je me vois aussitôt coiffé d'un bonnet de coton en longue chemise de nuit, un balai à la main. Je pourrais me lever et lui dire de baisser un peu. Je pourrais mais je ne le ferai pas. Je n'ai pas envie de la voir sur le divan, la joue dans la main, un livre ouvert devant elle, son épaule et son bras dénudé épousant la rondeur de sa hanche et cette façon de me regarder comme si c'était elle qui était debout et moi couché.

6

J'ai très mal dormi. La bouffe des Vidal ?… l'arrivée de Nathalie ?… un seul être apparaît et tout est surpeuplé. Je n'arrive pas à fixer ma pensée. Il faut que je bouge, je vais, je viens et je recommence. Comme je l'avais prédit, il est 10 h 30 et Nathalie n'est pas levée. J'ai raté mon rendez-vous avec Louis, ça me met hors de moi. Sa mère est peut-être chiante mais au moins, elle se lève de bonne heure. Qu'est-ce que c'est encore que ça ?

— Bonjour madame Vidal.

— Appelez-moi Arlette ! J'ai fait du bourguignon, j'en ai trop, je me suis dit que… Ah mais je m'excuse, je croyais que vous étiez seul !

Nathalie fait une apparition Baby Doll des plus réussies, long T-shirt, bâillant et s'étirant, les cheveux en broussaille.

— 'jour m'dame !

Arlette a l'air déçu. Elle se demande si elle ne va pas me confisquer la gamelle. Mais il est trop tard.

— Si j'avais su, j'en aurais mis pour deux.

— Ça ira, madame Arlette. C'est Nathalie, la fille de mon amie…

— Bien, bien, bonjour mademoiselle. Allez, faut que je me sauve. À la prochaine.

« — T'entends Loulou, la fille à son amie ! C'est pas seulement zinzin les artistes, c'est famille tuyau de poêle et compagnie ! » Voilà ce qu'elle va raconter à son mari, madame Vidal. Nathalie se gratte les fesses en fronçant le nez au-dessus du Tupperware rempli d'une matière marron-jaune.

— C'est quoi là-dedans ?

— Du bourguignon.

— Beurk !

— C'est pas pour ton petit déj. Je t'ai acheté de la confiture et du pain frais.

— T'as déjà fait les courses ?

— Il est près de 11 h. Bon, je vais travailler, tu te débrouilles ?

— Ouais. Dis donc, tu t'es fait beau aujourd'hui, rasé et tout et tout.

— Je me suis changé et alors ? À plus tard.

« Je ne comprends pas, ils étaient tellement prudents, surtout avec le gaz…

« D'une main tremblante, Agnès porte à ses lèvres son verre de kir. Le deuil lui donne vraiment mauvaise mine. La mort est toujours un peu contagieuse. Louis ne s'attendait pas à la voir danser la polka, mais tout de même, il trouve qu'elle en fait trop.

« — Tu sais, quand on vieillit, la tête… ce qui est bête, c'est ce coup de sonnette.

« — Hein ?

« — Le coup de sonnette du facteur, l'explosion, c'est dommage pour le pavillon.

« — Ah oui, le pavillon… oui, n'importe comment, on va le vendre. Je n'arrive pas à y croire, je suis orpheline.

« — Moi aussi ! Tout le monde un jour ou l'autre.

« — C'est vrai, mais les deux d'un coup !

« — C'est peut-être mieux comme ça. Ils étaient tellement unis. Imagine ta mère toute seule… ou, pire encore, ton père…

« — D'accord, mais ils étaient en bonne santé, heureux…

« — Pour combien de temps ? Pense à Jacques, à tes enfants, à toi. Vous allez pouvoir vous acheter votre camion à frites, partir, vivre comme vous le voulez. Je suis sûr qu'ils seraient heureux. C'est un peu leur dernier cadeau.

« — Bien sûr, bien sûr… Et toi, ça va dans ta caravane ?

« — Oui très bien. J'ai l'impression de vivre sur un bateau qui ne va nulle part. C'est amusant. Fred va bien ?

« — Je l'ai à peine vu le jour de l'enterrement. Il avait l'air d'un lit défait. J'ai peur que plus personne ne puisse rien pour lui. Tu y penses parfois ?

« — Évidemment. Je n'ai jamais su y faire avec les enfants, je suis un peu trop comme eux, je les comprends trop bien pour être un bon père et je suis trop vieux pour être un copain. Il a raison de ne pas m'aimer, c'est normal.

« — Et ça ne te fait rien ?

« — Si, mais je suis sûr qu'on se reverra un jour, et que ce jour-là je pourrai l'aider, me racheter en quelque sorte. J'ai toujours pensé ça.

« — Tu t'arranges pas mal avec toi-même, comme d'habitude. Et s'il mourrait avant toi ? C'est possible tu sais.

« — Alors, je ne l'emporterais pas au paradis. C'est ce qu'on dit.

« Louis ne s'intéresse plus à la conversation. Il est déçu, déçu d'avoir en partie raté son travail (mais comment pouvait-il prévoir que le coup de sonnette du facteur allait faire exploser une partie du pavillon ? L'oxyde de carbone diffusé par le chauffe-eau dont il avait nuitamment soufflé la flamme aurait largement suffi), déçu aussi par la réaction d'Agnès qu'il aurait souhaitée plus… disons positive. Mais bon, le temps aidant, ils finiront, Jacques et elle, par se résoudre au bonheur. Il faut un début à tout, certaines maladresses sont inévitables. Il y a des impondérables. C'est quand même dommage, Raymond et Solange dormaient comme des bienheureux quand il les a quittés. Ils devaient être déjà morts quand l'explosion a eu lieu. À part la peur, le facteur n'a souffert que de petites égratignures au visage. La prochaine fois, Louis s'efforcera d'éviter ce genre de bavure. À la table à côté, un couple de leur âge est en train de parler d'un certain monsieur Milien. Il revient à chaque phrase.

« — Je lui ai dit : monsieur Milien, vous êtes peut-être chef du service mais ça ne vous permet pas de me dire comment je dois élever mon fils et TOC !

« — Milien, c'est un con. Alors, il te l'a filé ton fric ?

« — Non, mais il ne pourra pas faire autrement.

« Louis aimerait bien voir ce monsieur Milien. Le voir, c'est tout.

« — Agnès, il va falloir que j'y aille, j'ai rendez-vous. Ça m'a fait plaisir. Tiens le coup, tu verras, tout ira bien. Embrasse Jacques et les enfants de ma part.

« En la quittant, dans ce café triste, Louis se sent comme quelqu'un qui abandonne son chien sur une autoroute. Ce n'est pas facile d'apprendre à donner sans recevoir. Avril est un mois fatigant. On ne sait jamais comment s'habiller, manteau, veste légère ? trop froid, trop chaud… mais c'est joli. Louis se sent pousser une auréole. »

7

Je n'accorderai de crédit à la technologie moderne que quand elle sera fiable à 100 %. Ce n'est pas le cas. Ma machine vient de tomber en panne, une crise de folie qui fait sauter les tabulations, l'espace entre les lignes, bref, qui rajoute à ma confusion. Je rappelle qu'en principe, la machine est au service de l'homme. Allez donc fouetter une machine à écrire ! Toutes les machines m'en veulent. Je ne sais pas pourquoi, c'est une malédiction. Pas une cafetière électrique qui ne me saute à la figure, pas une voiture qui n'éructe à mon approche, une télécommande qui ne me saute des mains en me rappelant mon âge, celui des cavernes. Dans le temps, au pire, on renversait son encrier et voilà tout. Mais aujourd'hui, un lundi sur une plage normande, où trouver un réparateur de machine à écrire ?

— C'est prêt.

Qu'est-ce qui est prêt ?… ah oui, je l'avais oublié, il y a quelqu'un chez moi. Quelle drôle d'odeur !… Le rêve de Nathalie qui est de ne plus être Nathalie lui va bien.

— Je t'ai fait un truc chinois, du riz avec les restes de ta voisine. Alors ?

— C'est… curieux, mais ça sent bon.

— Ça n'a pas l'air d'aller ?

— Ma machine est tombée en carafe… Bon dieu, c'est fort !

— J'ai mis du piment, paraît que ça fait bander.

— Pourquoi veux-tu que je bande ?

— Je ne sais pas, je croyais que les hommes ça avait besoin de bander.

— Pas tout le temps.

— J'ai fait un dessert, crème fraîche confiote de framboise.

Je mange avec appétit cette nourriture de maternelle épicée tout en lui jetant des coups d'œil par-dessous. Il ne fait pas froid dans la maison, mais de là à se balader en débardeur…

— T'as pas froid comme ça ?

— Non. Tu crois qu'il me faudrait un Damart ?

Quand elle sourit, on voit toutes ses dents, petites porcelaines miniatures qui font penser au service à café de ma grand-mère. Je baisse les yeux et tombe sur ses seins. Le service de ma grand-mère disparaît aussitôt pour faire place à un no man's land incertain dans lequel je n'ose m'aventurer.

— Hum, c'était très bon ! Si tu veux on peut aller faire un tour à la plage.

— T'as vu le temps ? Il pleut des cordes.

— Très juste, je n'avais pas fait attention.

À part la plage, je n'ai pas grand-chose à proposer. J'insiste quand même à cause du no man's land incertain.

—Avec un bon ciré… ça fouette le sang.

—Eh bien vas-y toi. Moi je reste ici, je regarde la télé. C'est l'heure de Derrick, j'adore m'endormir devant.

—Je vais téléphoner à Trouville pour louer une machine.

—C'est ça, je te monte le café.

Le premier numéro de téléphone est le bon. Ils ont des machines à ne plus savoir qu'en faire. Il me suffira de passer vers quatre heures pour faire mon choix. C'est très déconcertant, voire un peu décevant. Je commençais à envisager un petit chômage pépère de quelques jours. Tant pis. Profitons des deux dernières petites heures qui viennent, un oreiller sous la tête, la télé au bout des pieds. Nathalie apporte le café, il ne lui manque qu'un petit tablier blanc et l'accent portugais.

—Chaud devant!… Je peux me mettre sous la couette? J'ai froid.

—Si tu veux, mais pourquoi tu mets pas un pull?

—La couette, c'est mieux.

Elle s'y glisse comme une anguille m'obligeant à me pousser à l'extrême bord du lit.

—Pourquoi tu te mets si loin? Tu vas te casser la gueule.

—Mais non, je suis très bien. Tiens, voilà, ça commence.

—On est quand même mieux là que sous la flotte à la plage, non?

—Oui, mais tais-toi, tu ne vas rien comprendre.

— Tu parles! C'est toujours pareil dans Derrick, c'est toujours la femme l'assassin. Elle tue son mari parce qu'il la trompait avec une plus jeune. Tu vas voir, il racontera tout à la fin en buvant une bière.

— Pourquoi tu regardes alors, si tu sais tout?

— Les enfants n'aiment toujours qu'une seule histoire. Depuis le temps que tu en écris, tu devrais le savoir. Pourquoi tu ne retires pas tes chaussures?

— Parce que s'il y a le feu, je serais prêt. Tu me laisses écouter, oui ou non?

— Bon, bon! Quel vieux grognon!…

Nathalie s'est endormie bien avant que Derrick ait trouvé la solution. C'était bien la femme qui avait fait le coup. La tête de Nathalie sur mon épaule pèse plus lourd que je n'aurais pensé. Ses cheveux sentent le propre, le neuf. Je n'ose pas bouger de peur de la réveiller, de me réveiller. Délicieux engourdissement. Ça me rappelle les premiers flirts dans les cinémas, la chaleur de l'autre irradiant dans le noir, la tête qui tourne jusqu'à en oublier qui on est, où on est, et les acteurs sur l'écran qui font pile ce qu'on voudrait faire. Les doigts qui se rapprochent millimètre par millimètre sur le bras du fauteuil… Non mais qu'est-ce que c'est ce délire? D'une habile reptation je me dégage, glisse un oreiller à la place de mon épaule et sors de la chambre sur la pointe des pieds.

— … Ah, Hélène est en réunion… Non, pas de message, je rappellerai, merci, au revoir.

8

« Richard a toujours mangé comme un cochon, aujourd'hui, il bouffe comme un porc.

« — Tu m'as épaté avec ton coup de fil. J'y croyais plus à ton chèque. Je t'en ai voulu, tu sais, mais plus pour le lapin que tu m'as posé sous cette putain de coupole du Printemps que pour le fric. Me laisser poireauter au milieu de toutes ces rombières, carottes râpées, eau de Vichy !… Mon salaud !

« — C'est le jour où ma mère est morte, je suis désolé.

« — N'en parlons plus. Alors comme ça, t'es plein aux as ?

« — Disons plus à l'aise, c'est tout.

« — Et ça te donne des principes ! Tu paies tes dettes ! T'es pas banal, toi. À ta place j'aurais foutu le camp. Enfin, t'as toujours été un peu…

« — Un peu ?

« — Je ne sais pas, martien. T'en veux plus de ton museau vinaigrette ?

« — Non, vas-y, prends.

« — Merci, j'en mangerais sur la tête d'un pouilleux. En tous cas, ton coup de fil est tombé à pic. Je vais même te dire, ton chèque, je m'en balance. Mais à la place, tu pourrais me rendre un sacré service. Voilà. J'ai promis à Micheline et aux gosses de les emmener à Deauville le week-end prochain. Seulement... seulement, j'ai une nouvelle secrétaire, une petite aussi appétissante qu'un gigot sur une nappe blanche, tu vois ce que je veux dire ?

« Richard jette un coup d'œil à Louis, un coup d'œil à ne pas ramasser, jaune, avec des filaments rouges.

« — Tu veux que je te serve d'alibi ?

« — T'as tout compris ! Je ne peux plus leur faire le coup du boulot de dernière minute, je l'ai trop fait. Micheline a toujours eu un faible pour toi, les perdants, ça l'a toujours fait bander. Bref, si tu m'aides, non seulement tu me libères mais en plus, je passe pour le bon vieux copain. Je gagne sur tous les tableaux. Si ça te va, je déchire ton chèque, OK ?

« — OK, mais tu gardes le chèque.

« Richard s'arrête de mâcher, la fourchette en suspens.

« — Je pige pas. T'es encore plus branque que je ne le pensais. Mais c'est comme tu veux, au fond, je m'en fous. Alors d'accord ?

« Louis s'est réveillé avec un sale goût dans la bouche ce matin, des bribes de rêve où il était question d'Agnès, de viol, de sang, des trucs aussi tenaces qu'un bout de veau coincé dans une dent creuse. Il se sentait collant d'une crasse qu'aucun savon n'aurait pu enlever. C'est à cause de cette nausée qu'il a téléphoné à Richard. Depuis sa plus petite enfance, il a toujours représenté pour lui le mètre étalon du dégoût, une référence. À douze ans, il était déjà ce gros con de gynécologue libidineux qui l'entraînait invariablement dans des affaires glauques dont il sortait humilié, honteux mais curieusement purifié. Ces plongées dans le sordide lui faisaient l'effet d'une sorte de rédemption. Louis a pris le même menu que Richard. Manger comme lui, c'est déjà le manger.

« — Alors ? tu réponds pas…

« — Oui, oui, tu peux compter sur moi.

« Jusqu'aux îles flottantes, Richard enchaîne les histoires salaces à propos de ses clientes, de ses maîtresses, d'épouses d'amis, des chiens de ses amis, le monde n'est qu'une partouze frénétique, une fornication ininterrompue. Louis n'écoute pas, il regarde, fasciné, ces lèvres se tortiller comme deux limaces et absorber goulûment la nourriture. Il y a quelque chose d'abyssal dans cette bouche en action, le mystère des trous noirs.

« — Et ton fiston, toujours dans la piquouze ?

« — Toujours, oui, je crois.

« — Tu dis rien, tu t'en fous ?

« — Il n'y a pas beaucoup de débouchés pour les jeunes en ce moment.

« — Ouais… qu'un de mes gosses essaie, j'aurais vite fait de le remettre au pas à coups de bottes dans le cul. Enfin, c'est pas mes oignons. Bon, on y va ?… Laisse, l'addition est pour moi.

« C'est au bord du quai, au moment où le métro débouche du tunnel, que Louis pense aux enfants de Richard. Un coup d'épaule et celui-ci n'est plus qu'une signature en bas d'un testament. Louis est déjà loin dans le couloir des correspondances lorsque la foule réagit. Il sourit en pensant que son chèque de cinq mille francs reviendra aux enfants de ce gros porc, même s'ils n'en ont pas besoin. »

9

Bien fait pour ce gros con de Richard. Je déteste les gens à qui je dois du fric et puis j'avais besoin de faire mal à quelqu'un. J'ai griffé ces quelques pages à coups de stylo hargneux mais je ne me sens pas plus soulagé pour autant. Il faut que je bouge.

— Nathalie ! Tu veux aller avec moi à Trouville ?

— On ira au restaurant ?

— Si tu veux, mais il faut partir maintenant.

Derrière le pare-brise, la pluie transforme le paysage en barbouillage d'enfant, toutes couleurs confondues en un marron gris caca. Il n'y a plus d'horizon, le ciel dégouline de haut en bas, la ville n'est plus qu'une flaque.

— Arrête-moi au Prisu ! J'ai envie de m'acheter quelque chose dans un Prisu, n'importe quoi.

— OK, on se retrouve au Vapeurs.

Le type m'a loué une petite Canon, garantie silencieuse et si sensible qu'il suffit de souffler sur les touches pour que ça marche. Exactement le contraire de ce que j'aime, le tac-tac Kalachnikov de mon vieux char va me manquer cruellement. Ça fait une demi-heure que j'attends au Vapeurs.

Je n'aime pas ce bistrot, mais pour Nathalie qui n'aime que Paris, ça ressemble à Paris. La voilà qui arrive enfin, aussi heureuse que si la petite souris venait de passer.

— Qu'est-ce que tu bois ? Je veux pareil.

Le Picon bière lui va comme des guêtres à un lapin. Elle farfouille dans un pochon de plastique et en tire une petite culotte de dentelle dont elle se cache le bas du visage comme s'il s'agissait d'un voile de mousmée.

— C'est pas mimi ? J'ai le soutien-gorge qui va avec.

— Range ça Nathalie.

— Ben quoi, t'as honte ?

— Mais non ! C'est de la provoc à la con, c'est tout.

— Bon, bon !… pouah ! J'aime pas le Picon bière.

— Fallait prendre une grenadine. Où veux-tu dîner ?

— Je sais pas, le plus cher. Là où on avait été avec maman, tu sais, où c'était trou du cul !

Toile de Jouy sur les murs, velours frappé sur les chaises, plateau de fruits de mer et serveurs obsé-quieux auxquels je n'ai pas pu m'empêcher de présenter Nathalie comme étant ma fille. C'est la première fois que ça m'arrive et j'en éprouve une certaine humiliation. Nat veut boire du vin alors on boit du vin et si elle voulait voir Honfleur, on irait voir Honfleur. La partie de moi qui tient l'autre en laisse, celle qui est consciente de l'affreuse banalité de la situation, peu à peu lâche du mou, lassée de tant de stupidité. Alors, la bride sur le cou, les yeux dans le rouge, je me prends les pieds dans la laisse, parle de mon bouquin, de Louis qui m'échappe, qui fait des trucs qui n'étaient pas prévus, qui tue des gens de son âge, qui…

— J'y comprends rien à tes histoires de bouquin. Si j'épouse un mec un jour, il aura un vrai métier.

— C'est quoi, un vrai métier ?

— Je sais pas… bûcheron, architecte, plombier… On se casse d'ici ?

Nous rentrons avec un vieux goût de poisson dans la bouche et une formidable envie de rigoler pour n'importe quoi. La lune rousse ressemble à un trou de cigarette dans une pèlerine d'orphelin. L'air du soir sent la fugue. Un couple d'Anglais nous demande le chemin de Ouistreham. Je ne pense pas qu'ils comprennent mes explications. En arrivant à la maison, je suis complètement débarrassé de la laisse. Il reste un fond de vin blanc et une demi-bouteille de Négrita. Je suis décidé d'aller jusqu'au petit jour, mais j'avance lâchement, en me servant de Louis comme d'un bouclier.

— Tu nous lâches un peu avec ton Mickey ? Mets-nous de la musique plutôt.

Je n'ai que quelques vieux disques perclus de rayures, couturés de cicatrices sonores, qui donnent l'impression d'avoir été enregistrés devant un feu de bois. Je sors le premier de la pile et le pose sur la platine. Je le regarde tourner, les bras ballants, un peu idiot du village.

— On danse ?

— Je ne sais pas danser.

— C'est un slow, c'est fait pour les gens qui ne savent pas danser.

Je dois avoir l'air aussi con qu'une mouette sur le sable. J'en fais part à Nat qui me dit de fermer ma gueule. Sans ma gueule, je ne suis plus rien. Je me laisse aller, pantin ramolli, jusqu'à sentir mes oreilles rougir comme la carotte d'un tabac. Cette brassée de jeunesse que je serre contre mon corps fait resurgir en moi tout un flot de souvenirs depuis longtemps perdus. Je profite d'autant plus de cet instant que je suis sûr de le regretter amèrement demain matin. Un ultime sursaut de moralité m'évite un gadin fatal. Je me dégage, vacille jusqu'à l'évier et me passe la tête sous le robinet guillotine.

— Bon Nathalie, je vais me coucher, c'est mieux.

— C'est mieux que quoi ?

— C'est mieux, c'est tout. Dis donc, je suis peut-être bourré mais le piment, le dodo câlin, les sous-vêtements froufrou, les slows... Tu crois que je ne te vois pas venir avec tes gros sabots ! Si tu as des comptes à régler avec ta mère, téléphone-lui.

— Oh, ça va ! Laisse ma mère tranquille !

— Justement, c'est ce que je fais.

— Tu parles ! Tu n'oses pas coucher avec moi, c'est tout.

— Nat, tu m'emmerdes, je fais ce que je veux, un point c'est tout. D'abord, j'ai du bide, je pue le Négrita et... et après, t'y penses pas à après ?

—Non, c'est pas de mon âge. C'est quand même pas compliqué, merde ! Et si j'ai envie d'un mec qui a du bide et qui pue le Négrita ? et si…

Le téléphone ne lui laisse pas le temps d'argumenter plus avant. C'est Christophe, il m'apprend la mort de Nane.

10

« Un petit scottish blanc vient de se faufiler sous le
banc où sont assis Alice et Louis. C'est un banc que
ce petit chien connaît bien, juste à la bonne hauteur
pour se gratter le dos. Un peu plus loin, sur le
chemin, une dame d'un certain âge, portant le deuil
beige des femmes modernes, l'appelle d'une voix
basse : "Rimsky !" Derrière elle deux étangs, deux
miroirs étincelants, à peine ridés par le vol en rase-
mottes des canards. Alice et Louis suivent des yeux
le petit chien qui va en rebondissant rejoindre
sa maîtresse. Sans le dire, tous deux pensent que ça
pourrait être il y a trois ans. Alice et Louis venaient
de se rencontrer. Trois ou quatre mois d'un bonheur
en forme d'œuf, lisse sans aspérité aucune qui,
comme ces deux étangs où ils venaient souvent, leur
donnait un vertige d'éternité. C'était au début de
l'été. Les enfants d'Alice avaient été expédiés chez
leurs grands-parents. Louis venait de vivre un hiver
épouvantable chez sa mère. Et puis les nuages
s'étaient dispersés. Par un heureux concours de
circonstances il s'était retrouvé intermédiaire entre
deux personnes lors d'une transaction immobilière

et avait touché trois briques presque sans rien faire. Une belle époque qu'on aurait pu baptiser *l'Invincible*, comme un sous-marin nucléaire.

« — Je ne comprends toujours pas pourquoi tu ne m'as pas donné signe de vie depuis six mois. Tu m'appelles hier, comme si de rien n'était !…

« Louis tape ses chaussures l'une contre l'autre pour en faire tomber la poussière.

« — Ce n'était pas le moment.

« — Pas le moment ?… Mais enfin, on a quand même vécu trois ans ensemble ! Du jour au lendemain tu disparais, plus personne, toutes tes affaires à la maison, les enfants qui me posent des questions… comme si tu étais mort !

« — Il y a eu la mort de maman, il a fallu que je m'organise… ce n'était pas le moment.

« — Et à présent, c'est le moment de réapparaître ? Tu vas, tu viens dans la vie des gens comme ça te chante…

« — Tu m'avais dit de partir. Tu te souviens pas du petit mot ?

« — Je t'en prie, ce n'était pas la première fois. On s'engueule, on se sépare deux ou trois jours histoire de souffler un coup chacun de son côté et puis… Bref, qu'est-ce que tu comptes faire ?

« — Je t'ai fait un chèque.

« — Je m'en balance de ton chèque ! C'est de nous dont je te parle.

« — Tu m'as pourtant dit que tu étais dans la merde en ce moment.

« — Ça fait des années que je suis dans la merde, comme si tu ne le savais pas ! Je m'en fiche !…

« — T'as tort, c'est important, il faut y penser.

« — C'est toi qui me dis ça ?… t'es tombé sur la tête, Louis, c'est l'héritage de ta mère qui te fait sauter les plombs ? Cette vieille conne te fait autant de mal morte que vivante.

« Louis se lève du banc, fait quelques pas vers le bord de l'étang. Il y a des canards, des poules d'eau, des poissons-chats, des grenouilles et des tortues. Il n'y en avait pas avant quand ils y venaient. C'est nouveau les tortues. Elles se grimpent dessus comme des moules, puis restent immobiles, la tête dressée au soleil.

« — Au fait, tes parents sont à Kalymnos en ce moment ?

« Louis s'est retourné mais la réverbération du soleil sur la flaque de mercure derrière lui empêche Alice de distinguer ses traits. Même en mettant sa main en visière, elle ne voit de lui qu'une silhouette noire.

« — Oui, comme tous les ans, pourquoi ?

« — Pour rien. Je regardais les tortues, ça m'a fait penser à tes parents.

« — Merci pour eux ! Ne reste pas au bord de l'eau, ça m'éblouit, je ne te vois pas, j'ai l'impression de parler à un fantôme.

« Louis revient s'asseoir auprès d'elle. Il pourrait lui demander des nouvelles des enfants, lui faire des compliments sur sa nouvelle coupe de cheveux, évoquer des souvenirs de l'époque où ils venaient ici… mais il ne le fait pas. Toutes ces phrases qu'il prépare dans sa tête lui paraissent terriblement creuses et meurent avant même d'avoir franchi le seuil de ses lèvres. Ce n'est pas une impression, elle parle à un fantôme hantant une demeure parfaitement connue. Il ne parle pas, il récite. Un rôle appris par cœur, sans conviction, et, à mesure qu'il se rend à cette évidence, il la sent se ratatiner, se faner, se froisser comme un Kleenex usagé. Il n'ose pas tourner les yeux vers elle de peur de voir deux grosses larmes perler entre ses cils, la ride qui va lui faire froncer le nez et tomber le coin de la bouche, l'imperceptible frémissement de la lèvre inférieure. Elle va devenir moche, un peu ridicule, comme tous les gens qui pleurent. Et elle ne peut rien faire d'autre que pleurer.

« Un groupe d'enfants déboule d'un sentier en hurlant. On dirait un sac de billes renversé. Deux jeunes instits les suivent péniblement en soufflant comme des phoques.

« — Ne vous penchez pas si près du bord !

« Une dizaine de petits culs blancs et ronds s'aligne devant Alice et Louis.

« — Y'a plein de têtards ! la tortue qui nage !… M'sieur, venez voir la tortue qui nage !

« L'arrivée des enfants libère Alice et Louis, un interlude qui leur permet de se détendre un peu. Louis se redresse, masse sa nuque trop raide. Alice renifle, cherche un mouchoir dans son sac. Sa voix dérape lorsqu'elle prononce :

« — Il y a des tortues dans l'étang ?

« — Oui, plein.

« — Avant il n'y en avait pas. Ça vit longtemps les tortues, non ?

« — Très.

« Un des enfants à plat ventre au bord de l'eau vient d'en attraper une. Il se lève, la brandit au-dessus de sa tête et s'enfuit en courant, poursuivi par les autres gamins.

« — J'en ai une ! J'en ai une !…

« Un des instits se lance à ses trousses.

« — Remets-la immédiatement dans l'eau ! Stéphane !!!

« Juste avant d'être rattrapé, le gosse balance la tortue de toutes ses forces dans la flotte, comme une pierre. Pendant un instant, c'est le branle-bas dans les roseaux. Poules et canards, sous ce bombarde-ment de tortue, s'enfuient à tire-d'aile. Stéphane prend une claque, les enfants disparaissent, l'eau se referme sur la tortue volante. Très vite, c'est comme s'il ne s'était rien passé. Calme plat.

« — C'est quand même dingue la flotte, pas moyen de faire des trous dedans. Balance une bombe atomique, un quart d'heure après, plus rien, à peine un remous.

« Louis n'est pas sûr d'avoir prononcé ces mots à haute voix. Il dit en articulant :

« — Drôle de journée pour cette tortue.

« — Pas uniquement pour cette tortue.

« Il s'attendait à cette réponse comme si tout était joué d'avance, comme tout à l'heure, avant l'arrivée des enfants. C'est exaspérant cette sensation de n'être que l'interprète d'une scène qui se joue ailleurs. Alice se lève, met le sac sur son épaule.

« — Partons, Louis, je voudrais rentrer chez moi. J'attendais autre chose. Ça me fait mal.

« Louis voudrait répondre : "moi aussi", mais ce serait faux, c'est cette absence de douleur qui le gêne. De loin, on pourrait les prendre pour un couple de retraités.

« Après l'avoir quitté gare Saint-Lazare sur un pauvre sourire, Louis s'est rendu dans la plus proche agence de voyages. La fille qui lui a vendu le billet pour la Grèce avait le cheveu triste, des cernes sous les yeux et une peau de pauvre, une peau qui marque, mauvaise circulation. Il aurait aimé connaître ses parents. »

—

II

Parfois, je voudrais être mort, ou mieux, n'avoir jamais existé. J'ai passé une nuit détestable, pleine de cadavres suspendus au-dessus de ma tête comme des jambons. Et puis au matin, je me suis souvenu qu'il fallait que j'envoie aujourd'hui sans faute les corrections d'un bouquin pour gosses. Cette petite corvée sans importance m'est apparue comme une occasion rêvée pour revenir dans le monde des vivants. Le salut était dans la poste. J'en ai passé le seuil comme celui d'une église (d'une mosquée plutôt, tellement j'étais à côté de mes pompes). Il y avait trois personnes devant moi. Un origami de vieillard plié en huit, et deux plus jeunes vieilles papotant à mi-voix.

— … et je lui ai dit comme ça.

— Non ?

— Si !

— Alors tu lui as dit…

— Comme je te le dis, bien en face !

— Ben toi alors…

Qu'est-ce que cette vieille pétasse avait bien pu dire, et à qui ?… ça ne pouvait être qu'une méchanceté. Elle avait dû en dire toute sa vie, sa bouche en était déformée, une sorte de bec de lièvre. J'avais pourtant bien d'autres choses à élucider dans cette poubelle renversée qu'était devenue ma tête, mais il fallait absolument que je sache.

— Qu'est-ce que vous lui avez dit ?

Les deux mémères m'ont regardé comme si je leur avais craché au visage.

— Non mais ça va pas ?… De quoi je me mêle ?… Il est pas bien celui-là, ça vous regarde pas !

— Bien sûr que si ! C'est peut-être à quelqu'un que je connais que vous avez dit cette méchanceté.

— Mais… je n'ai pas dit de méchanceté ! Qu'est-ce qui vous prend ? Faut vous faire soigner !

— Bon, je n'insiste pas, mais avouez que ça vous aurait pas coûté grand-chose de me répondre.

— Ça suffit ! Fichez-nous la paix !

J'ai haussé les épaules, qu'elle les garde ses petits secrets. Plus rien ne s'est passé ensuite, que des tractations purement postales. En sortant, les deux vieilles m'ont décoché un regard noir en vissant un doigt sur leur tempe.

La poste ne m'a pas apporté la sérénité que j'escomptais. La tête démontée, je me donne une deuxième chance en prenant un deuxième petit déjeuner, une deuxième douche. Je m'efforce de constater une légère amélioration. Nat dort toujours, ou bien rêvasse entortillée dans les couvertures. Je préfère, je ne vois pas du tout ce que j'aurais à lui dire. Je n'ai pas su non plus quoi dire à Christophe lorsqu'il m'a annoncé la mort de Nane. J'aurais pu répondre : « Mon pauvre vieux, je suis désolé, c'est peut-être mieux comme ça, tu veux que je vienne ? Tu veux venir ? Qu'est-ce que je peux faire ?… » J'ai juste dit : « Ah », suivi d'un interminable silence. Christophe a mis fin à cet échange de soupirs en me disant qu'il me rappellerait demain, il avait besoin de se reposer. J'ai bredouillé quelque chose d'incompréhensible, Christophe a raccroché. Nat m'a questionné du bout des yeux.

— Nane est morte.

— Merde… tu veux que je te fasse du café ?

Elle passait le café quand le téléphone a sonné de nouveau. C'était Hélène.

— Nane est morte.

— Oui, je sais, Christophe vient de m'appeler.

Je ne comprenais rien à ce qu'Hélène me racontait. Mon esprit, incroyablement lent, mettait un temps fou à trouver un sens à chacun de ses mots. Nat faisait la gueule, comprenant que c'était sa mère à l'autre bout du fil.

— Allô ?…

— Oui, je suis là.

— Tu ne réponds pas, je croyais qu'on était coupés…

— Mais non, je t'écoute.

— Il y a quelqu'un à côté de toi ? (Silence.)

— Mais non, pourquoi ?

— Je ne sais pas, j'ai l'impression qu'il y a quelqu'un à côté de toi.

—Non, c'est la bouilloire, j'ai mis de l'eau à chauffer. Excuse-moi, je suis un peu sonné.

—Oui, moi aussi et pourtant on s'y attendait. Bon, je vais te laisser, je te rappellerai demain ? Ah ! au fait, pas de nouvelles de Nat ?

—Non, aucune.

—Qu'elle est chiante quand elle s'y met ! Je ne vais quand même pas lui foutre les flics aux fesses !… Préviens-moi si…

—Je te promets. À demain.

J'ai beaucoup menti dans ma vie et je ne m'en suis jamais porté plus mal, mais là, j'ai eu de la peine à avaler ma première gorgée de café. Rien ne semblait vouloir passer, ni dans un sens ni dans l'autre. Cet énorme mensonge allait m'attirer, comme une pierre autour du cou, dans le vide, c'est-à-dire une infinie succession d'autres mensonges, de plus en plus gros, de plus en plus lourds.

Nat a été parfaite. Je n'attendais rien d'elle, elle ne m'a rien donné. Après ce deuxième coup de fil, elle a rejeté sa tête en arrière en soufflant une bouffée de fumée invisible : « Bon, on va se coucher ? Ça va pour aujourd'hui. » Elle a mis les tasses dans l'évier, passé un coup d'éponge sur la table. En un clin d'œil on aurait dit une maison normale avec des gens normaux dedans. « On » aurait dit, pas moi. L'ondulation de sa croupe en montant l'escalier n'avait rien de normal, pas plus que sa présence dans ma chambre ni son corps entre les draps et encore moins le mien qui me semblait parfaitement étranger et pas très appétissant.

— Tu sais, je comprends si t'as plus envie.

Je me suis tourné vers elle. J'aurais voulu lui dire un mot, « le » mot, celui qu'on emporterait sur une île déserte, le mot d'avant les mots qui voudrait tout dire et rien à la fois. Il s'est écrasé avant de naître, bulle oblongue sur le bord de ses lèvres. Je n'y avais jamais goûté à ses lèvres, juste à sa joue. Il y avait de quoi en reprendre deux fois. J'ai pensé à tous ces gens dans les pays en guerre qui n'ont plus rien d'autre à faire que l'amour après le couvre-feu. Plus d'électricité, plus de télé, plus de chauffage, rien que la baise, avec cette splendide énergie du désespoir. Mais moi, je n'étais en guerre que contre moi-même. La meilleure partie de moi, la moins pire, avait refusé de passer le seuil de la chambre et regardait l'autre s'éreinter en de vaines étreintes avec une moue méprisante.

— Laisse tomber, t'as trop picolé.

Je n'ai pas insisté, je ne me suis pas excusé non plus. J'ai juste noté qu'il était deux heures du matin et que j'avais au moins quelques heures de sommeil devant moi pendant lesquelles le reste du monde pouvait bien s'écrouler.

Malheureusement, il ne s'est pas écroulé, le voilà même qui se manifeste sous l'apparence d'Arlette Vidal dont j'aperçois la silhouette se profiler derrière le rideau. TOC, TOC…

— Bonjour ! Tenez, un pot de confiture pour la petite, c'est fait maison ! On aime ça à son âge. (Coup d'œil circulaire par-dessus mon épaule à la recherche des traces de mes folles nuits.) Dites donc, on vient de nous livrer la nouvelle télé, Louis n'arrive pas à la régler, il n'est pas doué pour ce genre de choses et puis il est un peu patraque ce matin. Ça vous dérangerait de venir jeter un petit coup d'œil ?

Ça ou fixer le fond de mon bol.

— Allons-y Arlette, je vous suis.

C'est vrai que Louis a le teint brouillé, de sales poches sous les yeux, le souffle court tenu en laisse.

— Ben alors, monsieur Vidal, ça va pas fort ?

— Bof ! une petite bronchite, pas plus, c'est surtout ce bon dieu de poste qui ne va pas, on n'y comprend rien, c'est tout écrit en américain.

Au bout d'un bon quart d'heure, j'arrive à stabiliser l'image et à donner des couleurs bien pétantes aux actualités régionales. Ils sont contents, les Vidal, ils zappent comme des petits fous avec la télécommande.

— Sur le vieux poste on n'en avait pas. Y'a plus besoin de se lever !

Il en postillonne de bonheur le Louis, plus rien à foutre de la bronchite, il n'a plus besoin de se lever. J'aimerais tellement passer la journée à regarder la nouvelle télé avec eux en grignotant des biscuits à la cuillère. Le tintement à trois tons de la sonnette vient se mêler au jingle des infos. Arlette se lève, trottine jusqu'à la porte comme un jouet mécanique.

— C'est votre belle-fille… comment qu'elle s'appelle déjà ?…

—Nathalie ?

Elle attend sur le pas de la porte, échevelée, l'œil rouge, emmitouflée dans ma parka.

—Ton copain Christophe vient d'arriver.

—Christophe ! Excusez-moi, madame Vidal, à plus tard.

—C'est ça, à plus tard.

Nat lâche un vague «M'dame» qui va rouler dans le caniveau entre un trognon de pomme et un paquet de Winston écrasé.

—Qu'est-ce que ça pue le chou chez eux ! Ça pue le vieux.

—Ça fait longtemps que Christophe est arrivé ?

—Une demi-heure, j'attendais que tu déboules, je ne savais pas où tu étais. Il fait une drôle de gueule ton pote, genre abonné absent.

12

« L'effort qu'il a dû fournir pour atteindre le bateau des parents d'Alice, ancré assez loin de la côte, l'a complètement anéanti. Impossible de maîtriser le tremblement des muscles de ses cuisses. À voir les gens glisser aisément sur leur pédalo, on ne peut pas se douter à quel point cet engin est lourd. La réverbération du soleil de midi sur la crête des vagues est insoutenable. Même derrière ses lunettes noires, Louis ne voit plus que du blanc incandescent. Il n'a jamais aimé le soleil et le soleil ne l'a jamais aimé. Il déteste cette île et les gens qui sont dessus, les insulaires chafouins comme les touristes grotesques. Ça fait une semaine qu'il subit les brûlures sur son nez, ses épaules, ses cuisses, la promiscuité des vacanciers hagards le jour, hystériques la nuit, une semaine d'humiliations supportées sans broncher avec, comme point de mire, le bateau blanc des parents d'Alice.

« Louis sent son cœur reprendre une cadence normale, les muscles de ses jambes sont enfin détendus. On n'entend que le clapotis de l'eau aussi transparente que dans les publicités et les éclats de rire au loin des gens qui pique-niquent dans les rochers, sur la plage ou sur d'autres bateaux. Louis se redresse, plaque ses deux mains contre la coquille de cet énorme œuf blanc qui se balance mollement. Du pont, quelqu'un vient de jeter des épluchures de melon. Il les regarde s'éloigner, petites gondoles. Les parents d'Alice ont fini de déjeuner. À présent, ils vont passer à l'avant du bateau. Tous les jours ils font ça. Louis les observe depuis son arrivée. À huit heures, ils partent du port de Pothia et vont s'ancrer à quelques criques de là pour la journée. Bien sûr, Louis connaît aussi leur maison, une jolie maison de carte postale, bleue et blanche, fleurie juste là où il faut, ombragée, avec une vue imprenable sur la baie, bien isolée. Ça aurait pu se passer là, mais Louis a préféré le bateau. Alice et lui ont vécu de si bons moments dans cette maison… il y a à peine un an de cela… Le bateau, en revanche, il n'a jamais aimé. Il y a été une ou deux fois au début, pour séduire le père d'Alice, mais comme il n'y est jamais arrivé il a vite trouvé de bonnes excuses pour ne plus y mettre les pieds. Pourquoi cet homme n'a-t-il jamais voulu l'aimer ?… Louis n'était pas contre, même s'il le prenait pour un parfait crétin. On peut aimer aussi les abrutis, ceux-là aussi ont besoin d'affection, ceux-là plus que les autres… Mais Louis n'avait pas d'argent et le père d'Alice ne pouvait rien accepter d'un pauvre, pas même son amitié, ça ne se fait pas. Ce sera sans doute plus difficile de tuer quelqu'un qui ne vous aime pas.

« Sans bruit, il attache son pédalo à l'échelle de corde et grimpe un à un les échelons. Ses pieds humides sur le bois verni forment des auréoles que la chaleur efface aussitôt. Les deux vieux font la sieste sous l'auvent de toile bleue. On dirait deux poulets fumés. Ça sent l'ambre solaire, le sel et le melon. Le balancement est imperceptible mais donne quand même mal au cœur à moins que ce ne soit cette musique, une salsa, sur un bateau au loin… Louis est à moins de deux mètres d'eux, pas un instant il ne s'est demandé comment il allait les tuer. Il a oublié, c'est idiot mais c'est comme ça. Il n'a emporté ni gourdin, ni corde, ni couteau, ni revolver. Il n'a pensé qu'à s'approcher d'eux, comme si sa seule présence pouvait leur être fatale. La mère d'Alice se redresse soudain. Une mouche s'est prise dans ses cheveux. En gesticulant pour la chasser, elle aperçoit Louis par-dessus ses lunettes noires. Curieusement, aucun son ne sort de sa bouche, elle porte les mains à ses seins nus, deux pauvres choses flasques et ridées. À côté d'elle, son mari n'a pas bougé. Il dort, l'avant-bras sur les yeux. Louis esquisse un petit sourire gêné.

« — Louis ? qu'est-ce que vous faites ici ?

« Louis met un doigt sur ses lèvres et lui fait signe de le rejoindre. La mère d'Alice hésite un instant, s'entoure d'une serviette, se lève et le suit à l'arrière du bateau.

« — Alice est avec vous ?… Pourquoi n'avez-vous pas tél…

« — Venez, descendons dans la cabine… je vous en prie.

« Il y fait une chaleur de pressing. La mère d'Alice s'arrête au bas des escaliers, rajuste sa serviette.

« — Louis, vous allez m'expliquer ?…

« Louis regarde désespérément autour de lui, il y a des couteaux de cuisine, des bouteilles, le plus anodin des objets peut devenir une arme. Ce gros coussin, par exemple.

« — Louis, qu'est-ce que vous faites ? Lou…

« Il se précipite sur elle, la jette sur une couchette, le coussin plaqué sur son visage. Un à un les faux ongles de la vieille se cassent sur les épaules de Louis sans lui faire le moindre mal. Ce corps presque nu qui se débat sous le sien lui provoque une incroyable érection. De tout son poids, il appuie sur l'oreiller. Ça dure le temps qu'un gros nuage rouge éclate dans sa tête et dans son slip, puis tout devient mou, humide, collant. Dans un dernier sursaut, la vieille fait tomber une lampe qui vole en éclats.

« — Éliane ? Éliane, qu'est-ce qui se passe ?

« Louis bondit dans l'angle mort au pied des escaliers et saisit une bouteille par le goulot. Les pas précipités sur le pont au-dessus de sa tête lui piétinent le cœur. Le crâne chauve du père d'Alice apparaît, suivi de ses épaules couvertes de longs poils blancs. Louis frappe de toutes ses forces en fermant les yeux. Le vieux pousse un cri rauque et tombe à genoux, les mains sur la tête, couvertes de sang. Il gémit comme un enfant. Louis abat la bouteille à nouveau mais les mains du vieux lui font comme un casque. Il se recroqueville sur le sol en battant des pieds. Impossible de lui retirer les mains de la tête tout en cognant. Le sang rend toute prise glissante. Tout est étroit ici, Louis a l'impression de se battre dans un placard l'empêchant de prendre suffisamment d'élan pour porter un coup fatal au vieux qui pousse des cris étranglés. Laisser tomber la bouteille et serrer la gorge du vieux dont les tendons et la peau molle roulent sous ses doigts. Enfin la bouche s'ouvre, laissant apparaître un dentier déchaussé, l'œil arrondi d'effroi se trouble d'une taie d'un blanc bleuté. C'est fini. Louis n'arrive pas à décrisper ses doigts. Ils gardent la forme du cou tandis qu'il les pose sur ses cuisses en s'asseyant sur le bord de la couchette. Il a l'impression d'avoir mis la tête sous le gros bourdon de Notre-Dame. Tout ce sang, poisseux, partout sur son corps, ça lui donne envie de crier, comme un nouveau-né. Au lieu de ça, il urine, sans même se lever, et s'il n'avait pas les entrailles aussi nouées, il chierait.

« Dans la vie, tout se joue à la seconde, au milli-mètre près, éteint, allumé, éteint, allumé… »

13

— Ça s'est joué en une seconde, ça m'a paru évident. Elle était à un mètre de la fenêtre. Tout s'est passé dans un même élan, je l'ai prise par la taille, comme si j'allais la faire danser et je l'ai lancée par la fenêtre, sans haine, comme une chose, une plante desséchée.

En me racontant ça, Christophe plisse le front, pareil à un enfant qui peine sur une leçon.

— Ça a été tellement facile… en une fraction de seconde, elle n'était plus dans la pièce, plus dans la vie, j'ai juste eu à la déplacer d'un mètre…

— Et après ?

— Après, rien. Je suis descendu, j'ai vu son corps au bas de l'immeuble, un peu en forme de croix gammée, les bras, les jambes n'importe comment. Je suis monté dans ma voiture et je suis parti.

— Et tu n'as vu personne ?… personne ne t'a vu ?… elle n'a pas crié ?…

— Non, je ne crois pas, je n'ai même pas entendu le bruit de son corps sur le trottoir. Tout était calme, du moins il me semble… ça va te paraître banal ce que je te dis, mais c'était comme dans un rêve.

Même après, quand j'ai emmené les enfants chez mes parents, même sur la route, même maintenant en te parlant. Je ne suis pas sûr d'être ici.

Il y a de quoi. J'en arrive moi-même à douter de la réalité de cette paisible plage normande. Quel drôle d'endroit pour m'annoncer que tu viens de défenestrer ta belle-mère… Le bon côté de l'affaire c'est que les problèmes de Christophe rendent les miens totalement anodins. Imaginons qu'Hélène déboule ici ou que mon éditeur chéri me téléphone pour me demander des comptes, avant même qu'ils n'aient eu le temps de me couvrir d'injures, en une phrase je leur cloue le bec : « Désolé, mon copain vient d'assassiner sa belle-mère. » Parce que ce grand type au regard si doux assis à mes côtés le cul sur le sable mouillé est un assassin, un vrai ! Rien à voir avec les crimes plus ou moins sanglants de Louis, des crimes de papier, des délits insignifiants qui ne laissent sur les mains que des tâches d'encre. Lui, il l'a vraiment tuée la vieille, hop ! comme il dit, un petit pas de danse et hop ! par la fenêtre !… Je me sens un gamin à côté de lui. À quoi bon se casser la tête à inventer des histoires ? J'ai envie qu'il me raconte, encore et encore, avec force détails.

— Mais pourquoi… je veux dire, elle t'a dit quelque chose ?… tu y pensais en allant la voir ?

— Non, je voulais juste parler avec elle de l'enfance de Nane, voir des photos d'elle petite. Elle m'a dit qu'il était tard, que je n'avais qu'à appeler demain.

— Quelle vieille salope !

— Non, pourquoi ? Elle avait l'air fatigué, elle ne m'a pas parlé méchamment. Elle a allumé une cigarette et s'est retournée vers la fenêtre ouverte.

— Elle était de dos ?

— Oui, elle a rajusté son peignoir en frissonnant une sorte de sanglot refoulé, un geste maladroit. C'est vrai qu'il ne faisait pas chaud et pourtant, la fenêtre était grande ouverte. J'ai compris que c'était elle qui prenait congé, pas moi. Je l'ai jetée comme un mégot, elle était si légère… T'as vu la mouette là-bas ?

— Laquelle ?

— La grosse grise, elle n'a qu'une patte.

— Tu crois ?

— Oui, elle n'a qu'une patte.

La grosse grise boitille à l'écart des autres. Dès qu'elle s'approche du groupe on la repousse à coups de becs, d'ailes ébouriffées. Derrière, le ciel ressemble à un générique de fin.

— Et maintenant, qu'est-ce que tu vas faire ?… aller chez les flics ? partir à Rio ?…

— Je ne sais pas, je n'y ai pas encore pensé. Les flics, ça me fait un peu peur. On ne devrait pas avoir peur des flics, c'est dommage.

— Prends ton temps, tu peux rester ici tant que tu veux.

— Merci. Comment ça se fait qu'Hélène ne soit pas là ?

— Des problèmes de boulot à Paris.

— L'autre jour elle me demandait si j'avais vu Nat.

— On rentre ? Je commence à me geler les couilles.

— Oui… tu te souviens l'année dernière, avec les gosses ?… On s'était bien marré, non ?… quand tu avais foutu le feu au barbecue…

— Oui, on s'était bien marré. Viens, il fait froid.

Christophe déplie sa grande carcasse, tape ses chaussures pleines de sable. Le soleil a laissé dans le ciel un gigantesque hématome.

— Ho ! dis donc, regarde ça !… un nautile ! Je n'en ai jamais trouvé d'aussi beau ici !

Christophe me montre un magnifique fossile, bien plus beau que tous ceux que j'ai ramassés dans le coin. Il n'y a de la chance que pour les pendus.

Quand nous arrivons à la maison, Nathalie est en train de rigoler au téléphone.

— OK David, à demain, bye ! (Elle raccroche.) C'était mon copain David, de Rouen. Je vais le voir demain. J'ai été chercher des pizzas, ça vous ira des pizzas ?

Ce David ne peut être qu'un sale petit merdeux.

14

« C'est sous les ongles que le sang a été le plus difficile à enlever. Il en subsiste encore quelques traces au pouce gauche et à l'index droit. Le reste s'est dilué dans l'infinie mémoire de la Méditerranée. Louis ne se souvient plus de rien, une vague sensation de gueule de bois, tout au plus. À l'aide d'un coin de paquet de cigarettes, il s'attaque patiemment à la petite tâche brune sous l'ongle de son pouce gauche. Il n'a rien d'autre à faire en attendant l'avion qui le ramènera à Paris. Autour de lui croisent des touristes bien rissolés, savates aux pieds, bermudas effrangés. L'aéroport a un petit air de cantine d'entreprise. À une table voisine, un groupe de Français se raconte des histoires de vacances, les mêmes qui serviront de commentaires au film qu'ils se passeront cet hiver en soupirant. Quelqu'un dit : "Il paraît que ce matin il faisait 14° à Paris !" Une clameur désappointée suit cette information. Louis aimerait bien qu'il pleuve en arrivant, un petit crachin de promenade sur les quais, un temps normal. Il a envie de retrouver sa caravane et de ne voir personne pendant un moment, personne de connu. Probable qu'Alice lui téléphone… il ne répondra pas. Il ne souhaite pas entendre le récit de la mort atroce et incompréhensible de ses parents. On meurt comme on a vécu, c'est un choix de longue date, tout comme on choisit de sortir de tel ventre plutôt que de tel autre. L'important c'est qu'ils soient morts, qu'Alice hérite, qu'elle vive à l'abri du besoin et que ce soit lui, Louis, qui lui offre cet avenir radieux et inespéré. Bon dieu ce qu'il était résistant ce vieux con ! Les doigts de Louis se crispent au souvenir du cou sec et nerveux du père d'Alice.

« — Vous voulez une lime ?

« — Pardon ?

« — Vous n'y arriverez jamais avec votre morceau de carton. Tenez…

« Une dame d'un âge aléatoire (quarante-cinq ? soixante-dix ?) lui tend une lime de poche entre deux ongles laqués corail.

« — Merci. C'est de la rouille, ça ne part pas.

« — Je sais ce que c'est, j'ai bousillé un pantalon tout neuf sur le bateau, dès le premier jour ! C'est terrible la rouille et pourtant, c'est très beau. Vous faites du bateau ?

« — Non, très peu… C'est la rambarde de mon balcon à l'hôtel. Voilà, c'est parti, merci.

« La particule de sang disparaît dans un souffle sur le carrelage, poussière parmi les poussières. À l'autre bout de la salle d'attente un employé passe l'aspirateur. La dame et Louis le suivent des yeux puis leurs regards se croisent. Ils se sourient. Un millier de petits plis soleil rayonnent autour des yeux de la dame.

« — C'est là que tout finit, dans un sac d'aspirateur.

« Louis n'est pas très sûr que c'est bien ce qu'elle a dit mais c'est ce qu'il a entendu. Il fait un geste vague de la main qui veut dire n'importe quoi et allume une cigarette. Cette femme l'embarrasse et l'attire en même temps. Tout ce qu'elle dit semble avoir un double sens. Elle est double, à la fois jeune et vieille, une superposition d'identité.

« — Je peux vous en prendre une ?

« — Oui, bien sûr ! excusez-moi…

« En se penchant pour lui donner du feu, Louis reçoit une bouffée de parfum violet en plein visage. Il n'y a pas grand-chose dans le décolleté de la dame, mais c'est attendrissant. Il y a une jeune fille à l'intérieur de cette peau drapée le long du cou. À cause du bandeau de soie grège autour de sa tête, on ne peut pas savoir la couleur de ses cheveux. À en croire ses sourcils, ils sont noirs. Mais peut-on croire des sourcils aussi bien dessinés ?

« — J'ai arrêté de fumer hier.

« — Bravo !

« — C'est facile, juste une question de volonté.

« Ils rient, se détendent, Louis surtout. Une dentelle de vibrations se tricote autour d'eux.

« — Vous étiez où ?

« — Kalymnos.

« — Moi aussi!… C'est drôle que nous ne nous soyons pas rencontrés…

« — Je ne suis pas resté longtemps.

« Et puis des phrases en vrac, de celles qu'on garde pour les inconnus : « J'ai eu un petit chien qui s'appelait Fidji… J'ai passé un Noël épouvantable… Lille est une ville très sympathique… Je n'aime pas le cinéma, je préfère la télévision… Pendant la guerre, j'étais dans le Var, j'avais douze ans…, etc. »

« — Les passagers pour le vol 605 en direction de Paris…

« — Ah! C'est nous!…

« Par le plus grand des hasards qui n'en rate jamais une, Louis et la dame se retrouvent côte à côte.

« — Je m'appelle Marion.

« — Louis, enchanté.

« Ceinture bouclée. L'avion décolle. La terre se marbre de nuages blancs. La mer n'est plus qu'une flaque. Aux deux mains gantées de soie flétrie de Marion, trois bagues, mais pas d'alliance.

« — Vous avez des enfants, Marion ?

« — Des enfants ?… Mon Dieu non, je n'ai jamais été mariée, pourquoi ?

« — Pour rien. »

15

— C'est drôle, à la façon dont tu m'en parles, on dirait que tu es jaloux de lui.

— Moi, jaloux de Christophe ?

— Oui, toi, comme si tu enviais ses emmerde-ments.

J'ai dû me retourner vers le mur en grommelant : « C'est idiot, j'ai assez des miens. » Mais au fond, Nathalie a raison. Jamais je ne le reconnaîtrai mais j'ai toujours été jaloux de Christophe. Déjà tout petit, quand on jouait au foot et qu'il était gardien de but. J'aurais aimé être goal, mais à cause de ma petite taille impossible. Je le revois, après l'école, dans le terrain vague qui servait à tout, il déposait son blouson, comptait quatre pas et laissait tomber son cartable. Il était chez lui dans les buts, pas un boulet ne passait. Et il avait des gants. J'ai envié, plus tard son histoire d'amour avec Nane, j'ai envié sa douleur quand elle l'a quitté, envié la façon dont il s'est occupé de ses gosses, son attitude exemplaire devant la maladie de Nane, les godasses de merde qu'il s'achetait chez *André* et bien évidemment l'acte glorieux qu'il vient d'accomplir. Il vit, je bluffe, il est magicien, je suis prestidigitateur, il touche, je manipule. Je ne peux pas penser à lui sans penser à moi d'abord. Bref, il m'a toujours servi à mesurer l'étendue de ma médiocrité. Ça ne m'empêche pas de l'aimer, à cause de tout ça sans doute.

Finalement, il a bien fallu le faire, Nat et moi. Que de maladresses ! Devant cette chair ferme, ces seins, ces fesses aussi dures que des balles de tennis, je me suis senti comme devant une page blanche, j'ai tout griffonné. J'ai eu l'impression d'enfiler un vêtement neuf, je me suis habitué à des peaux plus molles, plus praticables parce que plus pratiquées. Ma timidité a dû la surprendre. À quoi s'attendait-elle ?

Je ne l'ai même pas entendue partir ce matin. Elle a laissé un mot sur la lampe de chevet : « Je t'appelle ce soir, je t'embrasse. » Sa mère aussi me laisse des mots partout. « À ce soir, je t'aime. N'oublie pas de passer chez le teinturier, je t'aime. Il y a une escalope dans le frigo, je t'aime… »

Au rez-de-chaussée, Christophe est en train de remuer des casseroles. Je vais attendre le plus longtemps possible avant de descendre, jusqu'à la demie, par exemple. On frappe en bas… Christophe va ouvrir… À tous les coups, c'est Arlette… Qu'est-ce que je disais !… ils parlent mais je ne comprends pas ce qu'ils disent… Christophe monte l'escalier…

—Tu es réveillé ?

—Euh… oui.

—C'est ta voisine, elle veut te parler.

—Et merde !

—Ça a l'air important.

Je le vois renifler le parfum de Nathalie. Je me lève en rougissant. Il me regarde avec l'air d'un mec qui vient d'entrer dans les toilettes des dames. Arlette m'attend sur le pas de la porte. Elle a son imper sur le dos et un truc ridicule en plastique transparent sur sa mise en plis. Il pleut.

—Je m'excuse de vous déranger mais c'est Louis. Le docteur est venu, j'ai des médicaments à aller chercher, j'ai peur de le laisser tout seul, si vous pouviez rester avec lui le temps que j'aille au pharmacien…

Tout tremblote quand elle parle, ses joues, ses frisettes, les gouttes au bord de sa capuche. On dirait un moignon de bougie.

—Bien sûr madame Vidal, j'enfile un imper.

Sur le trottoir, je lui demande ce qu'a dit le docteur.

—Oh, les docteurs ! Ils ont des mots que l'on ne comprend pas, mais j'ai bien vu à sa tête que c'était grave.

La mort, c'est jaune et ça sent la vanille. J'en reçois une grande bouffée en rentrant dans la chambre de Louis. J'aimerais bien avoir un pyjama comme le sien, en pilou à rayures bleues et blanches avec un liseré bleu plus foncé au bord du col et des manches. Je n'arrive pas à le regarder dans les yeux, deux flaques troubles. Sa bouche m'envoie quelques bulles d'eau de vaisselle et ses mains couvertes de peau de poulet esquissent un frémissement avant de se reposer bien à plat au bord du drap. Je ne vois pas du tout ce que je pourrais lui dire : « Alors monsieur Vidal, ça ne va pas ?... » ou bien « Salut Loulou, ça boum ? » Je me contente de sourire comme un saint de plâtre.

— Bon, je vais vous laisser entre hommes… J'en ai pas pour longtemps. T'es sûr que tu veux rien mon Louis ?... Non, alors je me sauve. À tout de suite.

Elle étouffe un sanglot en quittant la chambre. Je tire une chaise et m'assieds au bord du lit. Louis fait des efforts pour me remettre. Il n'a pas l'air d'avoir peur, juste étonné, de tout.

— Vous avez un très beau pyjama monsieur Vidal.

Sa bouche se dilate comme un trou du cul de vieille poule mais pas grand-chose n'en sort alors il complète en se risquant à tendre un doigt vers un point situé derrière mon épaule gauche. Je me retourne. Il y a la fenêtre tendue de deux rideaux de dentelle représentant deux paons face à face. Rien d'autre si ce n'est les gouttes de pluie zigzagant sur les carreaux.

— Quel sale temps ! Ça donne pas envie de se promener.

Ça ne doit pas être la bonne réponse. Louis persiste à me désigner la fenêtre de son index tremblant. Je me lève, écarte les rideaux.

— Ah ! mais c'est ma maison !... c'est drôle de la voir sous cet angle, on dirait une autre maison.

Il y a de la lumière dans la salle de bains, Christophe doit être en train de prendre sa douche. À quoi pense-t-il ? A-t-il décidé quelque chose ? Est-il déçu que je couche avec Nathalie ?… Peut-être cherche-t-il simplement une serviette. En tout cas, pas un instant il ne pourrait se douter que je l'observe de la fenêtre d'une chambre de moribond. Louis m'a complètement oublié, il regarde bouche bée l'angle de la commode d'acajou. Faut-il qu'elle soit extraordinaire pour la fixer avec tant d'ardeur. Le pauvre vieux ne va pas en profiter longtemps de sa télé neuve. Encore un qui se croyait immortel. C'était vrai jusqu'à hier ou avant-hier. Il pouvait s'acheter une télé, projeter d'inviter sa fille pour Pâques, d'aller dire deux mots à ce crétin de plombier qui lui a réparé son chauffe-eau à la six-quatre-deux, envisager d'aller faire un tour samedi dans les magasins à Caen avec Arlette… À présent c'est fini ; pour lui, le temps est immobile. C'est drôle, ce matin, au dos du mot que m'a laissé Nat, il y avait écrit : « Dimanche prochain, Louis s'est rendu chez… » sans doute une note prise à la va-vite pour mon bouquin. Je ne sais plus du tout où « mon » Louis devrait se rendre ou s'était rendu, mais la collision futur/passé m'a donné l'impression de loucher. Comme monsieur Vidal, je me suis senti en *stand-by*, ni dans le passé, ni dans le futur, ni dans le présent. Le présent, c'est là où sont les autres. Nat qui saute sur le quai de la gare de Rouen et va se jeter dans les bras d'un blondinet trop sûr de lui,

Hélène qui se ronge les ongles en buvant du café dans son univers de papier imprimé. Christophe qui se sèche les cheveux en se demandant s'il va ou non se livrer à la police, madame Vidal entassant dans son cabas des boîtes et des tubes de médicaments aussi coûteux qu'inutiles… Je me rassois. Quitte à être nulle part, autant y être assis. Mais je n'y reste pas longtemps. Arlette pousse la porte, un pâle sourire aux lèvres, enveloppée de brouillard humide.

— J'ai pas été trop longue ? Il y avait la queue au pharmacien, mais monsieur Langlois m'a fait passer devant tout le monde. Je t'ai pris une tranche de foie de veau, ça se mange tout seul, le foie de veau… Quoi ? Qu'est-ce que tu veux ?…

Monsieur Vidal recommence à tendre son doigt vers la fenêtre en faisant le poisson avec sa bouche.

— Tu veux que je monte le chauffage ?… Voilà.

Tandis que madame Vidal tourne le bouton du radiateur fixé sous la fenêtre, monsieur Vidal me regarde consterné, l'air de dire : « Tu vois, pauvre pomme, c'était pas compliqué à comprendre. »

— Bien, madame Vidal, Louis, il faut que j'y aille…

— Bien sûr, je vous raccompagne.

Avant d'ouvrir la porte :

— Alors, comment vous le trouvez ?

— Vous savez, je ne suis pas médecin. Il est fatigué, c'est certain, mais… c'est ce temps aussi, un jour il fait beau, un jour non, ça use.

Elle n'a pas l'air entièrement satisfaite de mon diagnostic. Je ne pouvais quand même pas lui répondre : « Ça serait une bagnole, elle serait invendable. »

— De toute façon, si vous avez besoin de quoi que ce soit, n'hésitez pas.

— C'est gentil, j'ai téléphoné à ma fille, elle viendra dimanche, elle peut pas avant.

À ma façon de danser d'un pied sur l'autre, Arlette comprend qu'il faut ouvrir la porte et je m'échappe avec le premier courant d'air. À mi-chemin entre la maison des Vidal et la mienne, j'hésite et je bifurque dans la direction du café sans nom. J'ai envie d'une bière avec une cigarette. Le temps d'y arriver et je suis tout spongieux, à moitié moisi. À part le patron et la patronne, il n'y a personne. Je bois deux demis coup sur coup. Le patron dit à sa femme qu'il aurait dû profiter du week-end dernier pour refaire ses volets. Elle ne lui répond pas, le nez baissé sur un ouvrage de tapisserie représentant une tête de berger allemand. Il aurait dû m'en parler à moi, je suis sûr que j'aurais eu des tas de choses à lui dire sur ses volets. Je me sens capable de parler de n'importe quoi avec conviction. Je vide un troisième demi et je reprends la rue de la mer à présent délavée comme un décor de vieux théâtre.

Christophe est en train de faire la vaisselle d'hier soir. En deux mots, je lui raconte les vieux à côté et je lui demande si ça va. Oui, il a dormi comme jamais et ça l'a détendu. Hélène a appelé, je peux la joindre jusqu'à midi. Et puis madame Beck, à propos de corrections sur un bouquin, ça urge. Il pense aller faire un tour sur la plage. Oui, même par ce temps, il a besoin de prendre l'air, pas longtemps. Un moment je songe à l'accompagner et puis non, il n'a pas la tête de quelqu'un qui va se noyer quoi que ceux que j'ai connus et qui l'ont fait n'avaient pas la tête à ça non plus. Tant qu'il n'est pas mort, un vivant reste un vivant. Tout comme un criminel, une fraction de seconde avant de commettre son crime est un innocent. Je profite de son départ pour assumer ma corvée coups de fil. Le « Ne quittez pas » qui prélude comme toujours à la voix d'Hélène m'exaspère encore plus que d'habitude.

— Ah, c'est toi, ça va ?

— Oui, on fait avec ce qu'on a.

— Christophe, qu'est-ce qui se passe ? Il m'a dit qu'il avait fait une bêtise.

— Il a tué la mère de Nane.

— QUOI ?...

— Il l'a balancée par la fenêtre.

— (Silence.) Je ne sais pas quoi dire... Qu'est-ce qu'il va faire ?

— Je n'en sais rien. Il est parti se balader sur la plage.

— (Silence.) Tu veux que je vienne ?

— Ça ne changerait rien. Je veux dire c'est peut-être mieux si on reste tous les deux, lui et moi.

—Oui, je comprends… Je n'arrive pas à y croire… Qu'est-ce que tu en penses toi ?

—Rien.

—Comment ça, rien ?… Tu ne lui as pas dit d'aller se livrer à la police ?… Il a des circonstances atténuantes quand même !… Tu devrais le conseiller, lui dire de…

—Écoute, Hélène, c'est à lui de décider, je l'accompagne, c'est tout. Qu'est-ce que je peux faire d'autre ?

—Mais plus il attendra, plus ça risque de se retourner contre lui !

—Peut-être… on verra à son retour. Je te tiendrai au courant.

—Oui… Quelle histoire !… Et toi, comment tu prends ça ?

—Comme ça vient, ça va.

—Bon, j'ai une réunion dans cinq minutes… Au fait, tu as des nouvelles de Nat ?

—Euh, oui, elle a téléphoné, elle est à Rouen chez un copain, David, tu connais ce nom-là ?

—Oui, il était au lycée avec elle l'année dernière. Elle t'a dit qu'elle comptait rentrer ?

—Non, elle compte passer me voir demain, peut-être.

—Et tu lui as dit oui !… avec Christophe ?

—Christophe n'est pas un tueur professionnel.

—Ce n'est pas ce que je voulais dire. Mais si tu trouves préférable que je ne vienne pas, je ne comprends pas la présence de Nat.

—Tu sais, je lui ai dit ça comme ça, j'ai autre chose en tête. Elle passera la nuit ici et je te l'expédie le lendemain. De toute façon, rien ne dit qu'elle ne changera pas d'avis d'ici là.

—Oui, avec elle… Bon, j'y vais. Je t'embrasse, je t'aime, prends soin de toi. J'attends ton coup de fil ce soir.

Comme elle paraît loin… de plus en plus loin. Je pourrais être en Angleterre avec elle, il n'y aurait pas eu Nat, ni Christophe, ni les Vidal. On ne peut se cacher nulle part.

16

« Marion habite un atelier d'artiste dans le XVIIIe,
une cité d'artistes peuplée à 99 % de gens qui
comme elle ne sont pas artistes. Tout y est blanc,
jusqu'au chat. C'est la troisième fois, depuis leur
retour de Grèce, que Louis lui rend visite. Il a déjà sa
place à droite sur le canapé en cuir blanc (en peau
d'âne) face à la verrière diffusant une lumière…
blanche. Il est quatre heures et ils boivent un
champagne rosé délicieusement frais. Il fait lourd
aujourd'hui, l'atmosphère en est caramélisée.
Les rares courants d'air donnent l'impression d'être
sous le souffle d'un sèche-cheveux. Il y avait un
monde fou dans la rue, des gens encore sonnés
par les vacances. Dans le bus les filles remontaient
leurs jupes sur leurs cuisses en s'éventant avec
des magazines. On aurait dit des figues mûres.
Les hommes, le teint plombé, la chemise collée au
corps et la cravate de travers les regardaient, l'œil
trouble, la bouche ouverte. Sans raison on passait
d'un engourdissement comateux à une agitation
fébrile, proche de l'hystérie. En arrivant chez
Marion, Louis était à tordre, comme une serpillière.

« Ils en sont à ce délicieux stade de relations qui consiste à tout se dire sans rien dévoiler du tout, un peu comme avec les inconnus dans les trains. On s'autorise à faire du faux avec du vrai et inversement, le mensonge ayant cette supériorité indiscutable sur la vérité qu'il est déclinable à l'infini.

« — Vous avez été institutrice ! Quelle horreur !…

« — Parfaitement ! Tenez…

« Marion pose une paire de lunettes à califourchon sur son nez et regarde Louis sévèrement.

« — Vous appreniez des choses aux enfants ?

« — Eh oui !

« — Des choses aussi tristes que : « L'accent de la cime est tombé dans l'abîme » ?

« — Oui, et pire encore !

« — C'est criminel de mettre des choses comme ça dans la tête des enfants.

« — Nous sommes là pour en faire des adultes, on passe l'éponge sur l'enfance.

« — Je n'ai jamais aimé l'école. J'ai toujours trouvé ça humiliant de devoir apprendre des choses qu'on ne connaît pas.

« Marion enlève ses lunettes et ressert deux coupes de champagne. Elle est encore très bronzée. Même en hiver, elle doit toujours avoir l'air d'être en vacances. Louis essaie de l'imaginer avec quelques années de moins. Il la préfère telle quelle, portant ses rides comme des bijoux de famille.

« — Même avec les lunettes, je n'arrive pas à vous voir en maîtresse.

« — Pourtant, j'en étais une et je ne portais pas de lunettes à l'époque. Ça vous déçoit ?

« — C'est pour ça que vous n'avez jamais eu d'enfants ?

« — Peut-être.

« Ils boivent en silence. Le ronronnement du chat blanc décrit une spirale sonore. Louis se lève.

« — Vous permettez ?

« Les murs des chiottes sont tapissés de cartes postales exotiques, mer, plages et cocotiers. Louis en soulève une. Derrière, il est écrit : « Chère Marion, voici la vue que nous avons de l'hôtel, Paris n'est plus qu'un mauvais souvenir. Pensons fort à toi, gros bisous, Chantal et Bob. »

« Dans une semaine, dans un mois. Marion lui parlera de Chantal et Bob, il aura l'impression de les connaître depuis toujours. Millimètre par millimètre, Louis s'installe dans la vie de Marion et s'y trouve bien. Il a envie de s'y rouler comme le chat blanc dans la flaque de lumière, sous la verrière. Ils n'ont pas encore fait l'amour ensemble. Ça viendra, certainement, mais pour l'instant, ça n'a aucune importance. Et ça n'en aura peut-être jamais. Dormir dans les bras de l'autre, plus sûrement.

« En ce qui concerne son passé, Louis est resté plutôt évasif, des bribes d'enfance, des miettes d'existence, des traces de Petit Poucet. Lorsque Marion voudra en savoir plus, il mentira, il inventera des vies, pour lui plaire. Il estime avoir fait son devoir auprès des femmes qu'il n'a pu satisfaire du temps où il vivait avec elles. À présent elles sont à l'abri grâce à lui, il peut sans remords penser à prendre sa retraite. Marion y est depuis plusieurs années, elle sera une parfaite initiatrice. Il sera directement passé de l'enfance à la retraite sans s'attarder à l'âge adulte, ce dont il n'est pas peu fier. Ils visiteront des petits musées de province, regarderont la télé de bonne heure, ils iront sur les bateaux-mouches, inviteront Chantal et Bob, soigneront leurs petits rhumes, leurs petits bobos à coups de petits soins et de petits cadeaux. Cette petite vie est sa plus grande ambition. Tout le monde a son âge, Louis est né pour être vieux, il l'a toujours su. Dans une heure il va retrouver Alice, sans doute pour la dernière fois. Elle rentre de Grèce, ses parents ont été enterrés là-bas. C'est elle qui a téléphoné, elle a besoin de lui parler. Il ne voit pas trop ce qu'elle a à lui dire si ce n'est merci, mais évidemment elle n'en fera rien puisqu'elle ne sait pas et ne saura jamais que c'est à lui qu'elle doit cet héritage providentiel. De toute façon, on ne bat pas des pieds et des mains, du moins pas tout de suite, au décès de ses parents, surtout lorsqu'il s'agit d'un crime aussi odieux qu'inexplicable. Il verra Alice une dernière fois et Marion remplacera Alice comme Alice avait remplacé Agnès, parce que tout est remplaçable, jetable, comme lui. Louis se reboutonne et regarde s'il n'a pas fait tomber de gouttes autour des chiottes. C'est tellement propre ici.

« Dans la grande pièce, Marion est en train de jouer à quatre pattes avec le chat.

« — Je dois vous quitter, Marion, j'ai rendez-vous à six heures. Mais avant, je voulais vous demander, voulez-vous m'épouser ?

« — Vous épouser ?... Pour quoi faire ?

« — Je ne sais pas, je crois que ce serait bien.

« — C'est très inattendu… Vous m'aimez ?

« — Je peux. Je vous téléphone demain. S'il fait beau, ça vous dirait de faire un tour de bateau-mouche ?

« Il a envie de lui dire : « Alice ! Alice ! Regarde comme les gens sont heureux autour de toi. Ils sortent du cinéma ou alors ils y vont. Tous ceux-là aussi ont des parents, sont des parents eux-mêmes. Tous sont mortels mais ils ne le savent pas, pas maintenant, ils ont juste envie d'être là, de rigoler tant qu'ils ont une bouche pour le faire. Tu te sens orpheline par devoir. Tu vas enfin pouvoir être ce que tu es, sans rendre de comptes à qui que ce soit. Mais peut-être est-ce cela qui t'embarrasse ?

« Alice est très belle, bien plus belle que la dernière fois qu'il l'a vue, au bord de l'étang. Elle porte des vêtements qu'il ne lui connaissait pas, chics, sobres et neufs.

« — Ce tailleur te va très bien. On dirait une dame.

« — Tu trouves ? Je n'avais rien à me mettre pour l'enterrement.

« Elle rougit, se retourne d'instinct vers la glace du café, une main ébouriffant ses cheveux. Une esquisse de sourire et elle reprend son masque de deuil.

« — Alors, qu'est-ce que tu vas faire maintenant que tu es riche ?

« — Je ne sais pas… Acheter un appartement. Tu me demandes ça comme si je venais de gagner au loto. Mes parents sont morts, merde ! Assassinés !…

« — Excuse-moi, je…

« — Non, c'est moi… Tout cela est tellement incroyable, tout va tellement vite !… et toi, qu'est-ce que tu as fait ces derniers temps ? J'ai essayé de t'appeler des dizaines de fois, tu n'es jamais là… Tu ne me demandes pas des nouvelles des enfants ?

« — Si, si bien sûr, comment vont-ils ?

« — Tu t'en fous… Tu te fous de tout, je ne sais plus qui tu es, est-ce qu'il y a encore quelque chose entre nous ?

« À part une table et deux verres vides, Louis ne voit rien d'autre entre eux. Jamais il n'avait réalisé à quel point elle ressemblait à Agnès.

« — Tu… tu as rencontré quelqu'un d'autre ? C'est ça, il y a quelqu'un ?… Il y a quelqu'un ?

« On dirait qu'elle frappe à la porte d'une maison vide. Louis hausse les épaules.

« C'était en automne. Louis était allé chercher Agnès à son cours de danse. Il connaissait Alice depuis six mois. C'était à la Maison des jeunes de Colombes. D'habitude il n'y allait jamais, mais pour une fois, comme c'était son anniversaire et qu'elle lui avait préparé une surprise, elle avait insisté pour qu'il n'arrive pas avant elle à la maison. Fred avait un an, il était ce soir-là chez ses grands-parents. Il faisait déjà nuit, un peu froid. La gare de Colombes ressemblait à une cage rouillée. La rue qui menait à la Maison des jeunes, malgré ses commerçants et ses néons lui paraissait être un boyau lugubre, des Champs-Élysées pour nains. Il avait dû demander plusieurs fois son chemin s'étant perdu dans des ruelles portant des noms ridiculement célèbres pour elles. Il était pourtant arrivé en avance et avait dû assister à la fin des navrants ébats d'Agnès et de ses camarades sur des tapis de mousse. En l'apercevant adossé à un mur, elle lui avait fait un signe de la main qui se voulait gracieux mais qui lui laboura le cœur. Elle avait l'air d'un phoque sortant de l'eau. Cette odeur de craie, de caoutchouc chaud et de pieds lui donnait la nausée. Il s'était retourné contre le mur. Une affiche mal imprimée annonçait de telle date à telle date : un chanteur occitan, les Ballets Myrian Pichon, un tournoi de ping-pong, *Ubu roi*, un championnat de judo. Il entendait le martèlement sourd des pieds sur le sol et la voix criarde du professeur : "Tendez les pointes, tendez !…"

« Dans le train du retour, tout sentait le pauvre, le fatigué. Parfois, sous prétexte d'un chaos, la bouche d'Agnès cherchait celle de Louis et, sous le même prétexte, il l'évitait. Puis il y eut le métro, l'escalier de l'immeuble, l'arrêt devant la porte et Agnès qui disait : "Ferme les yeux ! Tu les ouvriras quand je te le dirai." Il aurait voulu ne jamais les rouvrir car il savait ce qu'il allait voir : la table de cuisine au milieu de la pièce, leur unique nappe blanche dessus, trois ou quatre œillets anémiques dans un vase, deux bougies devant deux assiettes surmontées de deux serviettes avec, sous la sienne, un briquet ou un stylo. Derrière ses paupières closes, il ne voyait qu'Alice avec qui il venait de passer la journée. Mais il avait fallu les rouvrir et s'extasier : "Oh !... un briquet !"

« Tandis qu'il l'entendait s'affairer dans la cuisine, accoudé à la fenêtre, un verre à la main, il avait vu en face, de l'autre côté de la cour, cette femme sans âge que tout le monde appelait Maria. Elle était atteinte d'une maladie incurable, une tache de vin violette qui lui mangeait les trois quarts du visage et finissait en grappe sous le menton. Un vrai monstre. Elle se coiffait, lentement, avec des gestes de femme coquette, arrangeant une boucle ici et là, insouciante, affreusement belle.

« Quand Agnès était sortie de la cuisine, il n'avait pas pu lui expliquer pourquoi il pleurait. Au matin, il était parti. »

17

— Mais c'est du langage parlé, madame Beck !… Les gosses disent : « Je sais pas, j'aime pas, j'y vais pas »… dans le texte, à la rigueur, mais dans les dialogues… Bon, écoutez madame Beck, vous n'avez qu'à mettre des « ne » autant que vous voulez mais envoyez-moi mon chèque, c'est tout ce que je vous demande… C'est ça, excusez-moi mais j'ai tout un tas de cadavres sur le feu… Bien sûr, madame Beck. Au revoir madame Beck.

La voix geignarde de mon éditeur a rendu le téléphone tout gluant. Elle sortait des petits trous du combiné comme la viande hachée de la machine du boucher. Très dégoûtant. Christophe est rentré de la plage enturbanné de brume tandis que madame Beck me cassait les burnes avec ses négations à la con. Je lui trouve une tête de bébé sortant du bain. Il a rapporté une bouteille de bourgogne et une belle tranche de fromage de tête.

— Des problèmes ?

— Du ragnagna d'éditeur. C'est comme les poux, c'est pas grave mais ça gratte. Ça va toi ?

— Oui. Il y a un de ces vents dehors. Ça donne

envie de se faire cerf-volant. On se tape un petit mâchon ?

Il débouche la bouteille et on attaque le pâté à même le papier sur lequel un petit cochon hilare portant un chapeau fait des pointes en agitant un chapelet de saucisses : « Charcuterie Bénoult, champion du monde de tripes et de boudin. » Tout en mastiquant, Christophe sort de ses poches des coquillages et des galets pour ses enfants. Il les étale sur la table, les classe par ordre de grandeur. Il me raconte que lorsqu'il était petit, il adorait jouer avec la boîte à boutons de sa grand-mère. Il y en avait de toutes sortes, en bois, en corne, en nacre, en cuir, en tissu. Il y plongeait les mains comme un pirate dans un coffre rempli de pièces d'or. Ensuite il les rangeait, en faisait des familles, des armées. Il y passait des heures. Est-ce que je me souviens de sa grand-mère ? Vaguement, une silhouette d'armoire avec un chignon posé dessus ?…

Oui ! Et elle mettait beaucoup de beurre sur les tartines ?… C'est ça ! Bon dieu, oui, elle en mettait ! Pour le populo, le gras, c'est signe d'opulence. Chez le boucher, par exemple, elle demandait toujours du veau avec du gras pour sa blanquette, parce que c'était plus goûteux. C'est vrai que c'est bon le gras quand il fait froid, et le bourgogne aussi. Les verres se vident et se remplissent. Tiens, prends les Esquimaux, ils ne mangent que du gras, sinon, ils ne pourraient pas tenir. C'est pas con l'Esquimau.

L'occasion est trop belle, je saute dessus à pieds

joints. Ça non, c'est pas con l'Esquimau ! Est-ce qu'ils n'ont pas trouvé la meilleure solution pour se débarrasser de leurs vieux ? Un bout de glaçon, un coup de pied dedans et hop ! Bon voyage ! Christophe réfléchit un instant, le verre au bord des lèvres. Ça ne lui plaît qu'à moitié mon histoire de vieux dérivant sur un coin de banquise, sans doute à cause de sa grand-mère. Il préfère la formule indienne, l'ancêtre qui s'éloigne de la tribu pour aller mourir dignement au pied d'un vénérable sapin en haut d'une montagne. Je lui rétorque que si on attend la même chose des nôtres, on risque bien de faire chou blanc, ces enfoirés de toubibs les ont rendus pratiquement immortels. Il admet que j'ai raison, mais quand même, avant, les vieux, on les gardait, ils vivaient avec les enfants jusqu'au bout. Je fais : Ha ! Ha ! Ha !… comme si j'avais appris à rire dans un mauvais livre. Les enfants ! Ils n'arrivent même pas à vivre ensemble, alors avec les vieux en plus !… Non, comme les Esquimaux je te dis, c'est ce qu'il y a de plus propre. Et puis ton truc de Sioux, ça frôle le suicide, c'est mal vu dans nos religions, avec mon système, du presque assassinat, tu les fais monter direct au paradis. J'ai pas raison ?… Christophe hoche la tête, pas très convaincu. Le vin me rend têtu comme un missionnaire. J'insiste : sans toi, la mère de Nane était bonne pour perpète en enfer, c'est toi qui l'a envoyée au Ciel.

— J'ai pas dû l'envoyer bien fort parce qu'elle est retombée aussitôt.

Christophe vide son verre et sourit.

— Tu sais pas ce qu'il me raconte Grégoire, l'autre jour, en sortant de l'école ? Qu'est-ce que ça fait un Chinois qui saute de la tour Eiffel ?... CHINE... TOC !

Moi qui ne comprends jamais rien aux histoires drôles, celle-là me paraît irrésistible. C'est tellement bon de rire pour rien, une charité qu'on oublie trop souvent de se faire. Je note : « Ne pas oublier de rire bêtement. » Je vide le fond de la bouteille dans nos verres, deux larmes pourpres.

— Dis donc, si on en veut une autre, il faut y aller maintenant, après c'est fermé jusqu'à quatre heures.

— Alors ça va être une journée comme ça ?

— Y'a des chances, oui.

Dans la rue, le vent nous porte jusqu'à la Cocci-nelle sans presque avoir à marcher. Tandis qu'on paie nos deux bouteilles (une seule n'aurait pas suffi) à la caisse du mini-market, j'annonce à Christophe ma ferme détermination à ne plus me faire chier dans la vie. Les éditeurs, le fric, les gonzesses, l'hiver, ras le bol ! Si on veut, c'est l'été pour toujours, ça ne dépend que de nous, partir, se tirer, foutre le camp !...

Sur le chemin du retour, les bouteilles sous le bras et le front appuyé contre le vent glacé, je lui décris par le menu les douceurs d'une partie de pétanque sous les platanes, l'ombre bleue, les paillettes de lumière sur la peau qui sent le sel et le soleil, les pieds nus dans les sandales...

— J'aime pas les sandales, ça me coupe et ça fait plouc.

— Bon, d'accord, pas de sandales. Mais tiens, fumer un bon gros pétard adossé à un cyprès, les volutes poivrées de l'herbe se mêlant aux fragrances du thym, de la lavande…

— Un bon gros joint, je ne dis pas…

— Je connais quelqu'un à Rouen, si tu veux, tout à l'heure, on y va.

La maison sent le chien mouillé et le produit à chiottes. Je dois faire des efforts démesurés pour ne pas perdre le sud.

— Merde ! On va pas attendre d'avoir une barbe longue comme ça pour aller se faire chauffer les os au soleil ? Faut prendre la vague quand elle se présente. Je connais un coin en Grèce où tu vis pour rien, un bout de pain, un bout de fromage, des figues…

— Y'a pas moyen de monter le chauffage, j'ai froid jusque dans les dents.

— Non, il est au maximum, mais ne t'en fais pas, mon petit père, on va se faire une bonne soupe, une bonne grosse soupe de pauvre avec tout ce qui reste dans la maison. Sers-nous donc un coup.

Il faut s'occuper les mains, en revenir au corps sous peine d'être pris dans les glaces. Je sors une marmite, j'y mets tout ce qui passe à ma portée, des carottes, des lentilles, un vieux poireau jauni, du gruyère, des nouilles. J'ai dix bras, dix jambes, je m'étoile aux quatre coins de la cuisine. J'ai endossé l'uniforme du capitaine Achab, la baleine blanche est là, toute proche, dans un coin de ma tête. Dans celle de Christophe, il n'y a plus qu'une grosse fatigue avec des barreaux devant et des gosses qui lui tendent des oranges au travers. C'est le moment d'être un artiste, un vrai, un chaman, de m'exproprier de moi-même pour lui faire de la place. On n'a jamais rien fait de mieux pour éponger le malheur des autres que de parler des siens. Dans ce cas-là, il me suffit de penser à ma première femme et d'éplucher un oignon.

— Tu te souviens d'Odile ?… Juste avant qu'on se quitte… elle parlait avec ses copines au téléphone, elle parlait de nous comme d'une maladie incurable : ça va mieux… stationnaire… ça empire… Elle savait que j'écoutais, c'était si petit chez nous… Ensuite elle raccrochait en soupirant et faisait craquer ses articulations parce qu'elle savait que j'avais horreur de ça. Je lui disais : « Tu grinces, tu grinces comme une godasse neuve »… On a traîné ça plus d'un an… On croyait qu'on ne s'en remettrait jamais. Je l'ai revue il y a six mois, par hasard. Elle allait très bien, moi aussi. On est solides quand même, non ?

— Moi, je dirais solubles.

— Solubles, si tu veux. T'as fini avec les carottes ?

— J'y arrive pas, elles sont toutes molles.

Bon dieu qu'il m'énerve à résister comme ça ! Impossible de lui dégivrer la moindre larme. J'enfonce le clou en lui racontant l'histoire de la petite fille accrochée à sa poutre au journal télévisé, s'engluant lentement dans son fleuve de boue et j'enchaîne sur celles que me racontait ma mère pour m'endormir, l'incendie du Bazar de la Charité, le radeau de la Méduse et la mort absurde, trois ans plus tard, d'un des seuls survivants, le charpentier Corréard, noyé dans une flaque d'eau, raide bourré, à la sortie d'un bal de campagne. Et le *Titanic*! Ah! le *Titanic*!… et ma rage de dents d'il y a un an! Tordu de douleur un dimanche entier, tiens! J'en ressens encore la stridence!… Atroce!

— Dis donc, ta soupe…

— Quoi, ma soupe?

— Elle sent rien.

Normal, j'ai oublié d'allumer le gaz en dessous.

— Ben pleure pas, c'est pas grave.

Si, c'est grave! Je suis incapable de faire une bonne soupe chaude à mon vieux pote assassin qui crève de froid. Je m'effondre, sans voix, au bord de ma chaise comme au bord du monde, les pieds battant le vide.

Du coin de mon œil rouge, entre les bouteilles à présent vides, je vois mon Christophe aspirer d'un coup tout l'air de la pièce, se redresser sur ses pattes de derrière et redevenir celui qu'il a toujours été, le saint Christophe portant les petits enfants qui ont peur de se mouiller les pieds.

— Allez viens, on va chercher un peu d'herbe à Rouen, ça nous fera du bien de prendre l'air. Je n'ai plus froid, tout va bien.

C'est cher la magie, très cher.

— D'accord, je dégueule et on y va.

On a pris la voiture de Christophe, une Opel, solide et fiable comme lui, quoi qu'un peu dure de coussin. C'est lui qui conduit, il a toujours très bien tenu l'alcool, pas moi. À quoi ça sert de boire si ce n'est pas pour être bourré ? Et puis j'adore me faire trimbaler dans la vie des autres comme dans un taxi. Les essuie-glaces sont très légèrement à contretemps avec la musique qui sort de la radio, une chanson de Dalida : « Il venait d'avoir dix-huit ans, il était beau comme un enfant, fort comme un homme… » Ça me donne un peu mal au crâne. Ça ne me déplaît pas, j'ai besoin du mal de tête un peu comme un aveugle de son chien. Dehors, c'est comme ma soupe, une bouillasse marron, pas cuite. Parfois, en passant devant une gendarmerie, Christophe ralentit, regarde et accélère.

— T'as envie de te livrer ?

— Non, je regarde, c'est tout.

— Et si on s'arrêtait pas à Rouen ?

— On ne fumerait pas de pétard.

— Et si on s'en foutait des pétards et du reste, si on continuait tout droit ?

— Vu que la terre est ronde, on se retrouverait au même endroit.

— T'es chiant ! Je veux dire, si on ne s'arrêtait jamais, jamais de jamais ?

— Alors, on serait morts.

— Tu crois qu'on peut être mort sans le savoir ?

— C'est toi qui es chiant ! J'en sais rien moi ! J'ai juste envie de fumer un pétard, c'est tout.

C'est Rouen parce que c'est écrit dessus, qu'il y a une cathédrale et « le » gros horloge, sinon, ça pourrait être n'importe quelle ville d'Europe, même centre ville avec les mêmes rues piétonnes, mêmes petits pavés disposés en écailles, mêmes bacs à fleurs plantés de troènes anémiques, mêmes magasins Chevignon, mêmes jeaneries, mêmes croissanteries, mêmes gratteurs de guitare, mêmes époumoneurs d'accordéon, mêmes clowns à nez rouge qui se collent derrière vous en imitant vos gestes. Nulle part. On tourne depuis une heure, je suis paumé, archi-paumé. En fait, la seule et unique fois où je suis venu chez ce dealer c'était il y a trois ans et par une journée aussi confuse que celle d'aujourd'hui.

—C'est à côté d'une boulangerie, j'en suis sûr. Tu vas te marrer mais ça m'a fait le même coup la dernière fois. J'étais venu avec un copain. On fume un pétard, deux pétards, trois pétards, et puis, sur le coup d'une heure du matin, l'envie me prend d'aller faire un tour en ville. Je sors, je furète, des étoiles de ville plein la tête, jusqu'à ce que j'en aie plein les mollets. Seulement, j'avais oublié de prendre son adresse. Imagine, en novembre, à deux heures du matin, pas un rat dans les rues. Et puis, même s'il y avait eu quelqu'un, qu'est-ce que j'aurais pu lui demander ? Vous connaissez Horatio, celui qui vend de l'herbe et qui habite près d'une boulangerie ? Des heures j'ai tourné dans cette putain de ville jusqu'à ce que je tombe dessus par hasard.

— Je te signale que ça fait trois fois qu'on passe devant ce magasin André. On tourne en rond.

— C'est à côté d'une boulangerie…

— Y'en a partout des boulangeries ! Viens, on va boire quelque chose de chaud, il commence à vaser.

Derrière les vitres opaques du café, la rue se transforme en aquarium que la nuit tombante vient troubler d'une encre violette. Mon Viandox a un goût de serpillière. Je le laisse tiédir en regardant les passants sautiller de flaques d'ombres en flaques de néon, le dos voûté, un journal plié sur la tête. On dirait des poux de sable. Christophe est en train de lire le menu à l'envers tracé à la peinture blanche sur la devanture quand j'aperçois Nat, riant aux éclats, au bras d'une virgule d'homme, David sans doute.

— Hachis, ça ne prend pas un « s » ?

— Qu'est-ce que tu veux que ça me foute ?

Nat, mouillée comme un petit chat tombé dans une baignoire, Nat riant, Nat heureuse, sans moi. J'ai beau me dire que cette rencontre n'a rien d'exceptionnel, que le centre de Rouen n'est pas si grand et que tous les fantômes du monde ont bien le droit de s'y promener, je me sens pris d'un très désagréable malaise, la sensation de débarquer dans une fête de famille sans y avoir été invité.

— Ça va pas ? T'es tout pâle.

— Hein ?… Si, si, j'ai cru voir quelqu'un mais c'était pas lui. Tu trouves pas qu'il pue ce Viandox ?… Ou bien c'est mes mains… Des fois je pue des mains.

— Ça sent le mouillé, c'est tout. Tu sais, j'en ai rien à foutre de cette herbe, si tu veux, on rentre.

— Non, on rentre pas !

— Il est presque huit heures, où tu veux qu'on aille ? Je te sens mal tout d'un coup.

— Je sais pas, mais faut pas qu'on rentre, jamais. J'en veux plus de ce Viandox, je veux un Picon bière.

— D'accord, d'accord, on prend un Picon bière. Garçon ?…

Après le Picon bière qui m'a un peu remonté, on a repris la route, mais pas pour rentrer. J'aurais préféré crever sur place. On a acheté de la bière dans une épicerie qui sentait le pipi de chat et le gruyère rance. Christophe a pris une route vers la mer. Je me suis senti mieux. Tout était à nouveau derrière. J'avais le sentiment d'avoir échappé à quelque chose de grave. Il y avait J. J. Cale à la radio. On reprenait le refrain en cœur, *Cocaïne* !… Je me suis tortillé sur mon siège pour trouver de quoi écrire dans ma poche. Je pensais à Louis, j'avais une idée formidable. Le temps de dégotter un bout de papier, l'idée était partie, évaporée. C'était une liste de courses : « Pain, sucre, produit de vaisselle, chocolat. » Le dernier mot, « huile », était rayé. Hélène en avait acheté d'avance. De l'autre côté, j'ai écrit : « En six mois, Louis a pris six kilos. »

18

« En six mois, Louis a pris six kilos et deux fois l'avion. Une fois pour Munich et l'autre pour Copenhague. Marion rêvait de connaître ces deux villes. Louis n'avait pas trop envie de bouger, mais comment trouver une bonne raison de ne pas vouloir aller à Munich ni à Copenhague quand on n'a rien d'autre à faire et qu'on est jeunes mariés ? Et puis, à présent que toutes les villes du monde se ressemblent, voyager n'est pas si terrible que ça, puisqu'on n'a pas l'impression de voyager. Mêmes rues piétonnes dans le centre, même mode, même musique exaspérante partout, même tout. Seulement Marion, comme la plupart des touristes, ne veut pas qu'on la prenne pour une touriste, ce qui implique d'interminables galères dans des banlieues pourries à la recherche d'un petit hôtel typique, du charmant boui-boui, en trimbalant d'énormes valises. Cela dit, ces excursions épuisantes ne durent pas plus d'une semaine et le reste du temps se passe à faire développer les photos de ces mini-aventures et à les coller dans un album avant de retourner dans une agence de voyages pour en rapporter des tonnes de documentation.

«— Écoute ça : "Le programme du Royal Scotsman, le train le plus luxueux du monde, propose depuis des années déjà un trajet inoubliable le long des plus beaux lochs, vallées et montagnes des hautes terres écossaises en combinaison avec des visites privées de jardins, country-houses et châteaux mystérieux commentées par un guide expérimenté." Qu'est-ce que tu en penses ?

«— Ça a l'air bien. C'est cher ?

«— Dans les vingt mille francs. Ça va.

«— Faut voir.

« Vingt mille balles !… C'est à peu près tout ce qui lui reste sur son compte. Pour Marion, Louis, sans être riche, est à l'aise. Il a dépensé au rythme de Marion, celui d'une retraitée relativement aisée. Il n'a plus ni père ni mère à tuer. C'est un peu préoccupant.

«— Je vais aller chercher le journal de la télé. Tu as besoin d'autre chose ?

«— Non, je ne crois pas. À tout de suite.

« Dans la rue, cette rue qu'il n'aime pas et qui ne l'aime pas, il répète : "Je vais aller, chercher le journal de la télé. Tu as besoin d'autre chose ?" plusieurs fois de suite. Combien de phrases comme celle-ci a-t-il prononcées dans sa vie ?… A-t-il déjà exprimé autre chose ?… Et y a-t-il autre chose à exprimer ?… En apprenant ces quelques mots dans toutes les langues du monde, on pourrait se sortir de n'importe quelle situation.

« En même temps que le journal télé, il achète un dictionnaire franco-allemand pour apprendre sa phrase magique. En allemand, parce qu'il sait le dire en anglais et que le dictionnaire franco-allemand est en solde. À Munich, il a manqué de mots une fois. Marion et lui se promenaient dans le jardin anglais, une sorte de bois de Boulogne en plein centre ville, peuplé de vélos, de chiens et d'Allemands en short ou en punks. Chaque jour ils allaient y faire un tour avant d'entreprendre l'après-midi, les incontournables visites de musées. Au bord d'un lac, un petit garçon était passé près d'eux en tenant un chien en laisse (à moins que ce ne fût le contraire, c'était un très gros chien entièrement blanc). Un vol de canards ? Un mouvement trop brusque de Marion ? Quelque chose effraya le chien dont la laisse s'enroula autour des chevilles de Marion, tant et si bien qu'elle, la bête et l'enfant qui s'obstinait à tenir la courroie de cuir finirent dans l'eau noire du lac. Les canards faisaient coin-coin, le chien aboyait de toute son énorme gueule, Marion appelait : "Louis ! Louis !" et l'enfant hurlait : "Taxi ! Taxi !" (curieusement, c'était le nom du chien mais Louis ne l'apprit que plus tard). Louis n'avait eu envie de sauver ni les uns ni les autres. Au contraire, il leur aurait volontiers jeté des pierres tant leurs cris lui parurent insupportables. Bien évidemment, des gens étaient apparus d'on ne sait où. Deux jeunes hommes s'étaient déjà jetés à l'eau. Le lac était peu profond mais il était plein de boue. On en avait sorti Marion et l'enfant couverts de vase mais le chien avait donné du fil à retordre aux sauveteurs. Lui passait un merveilleux moment. Durant cette séquence, les gens sur la berge, un couple âgé portant un jogging identique, une jeune femme avec une poussette pour jumeaux et une poignée de punks à la crête rouge l'avaient criblé de questions auxquelles il répondait en levant les bras au ciel : *Nix sprachen deutsch.* Il aurait voulu leur expliquer que, contrairement aux apparences, il avait fait ce qu'il avait à faire, c'est-à-dire rien. La vie qu'il menait depuis qu'il n'assassinait plus personne était d'un ennui sans nom, aussi, sans doute pour se faire pardonner la monotonie des jours, elle lui avait offert ce spectacle plus comique que tragique. C'était la raison pour laquelle il n'avait pas bougé, tout comme on ne monte pas sur scène pour empêcher Juliette de s'empoisonner. Mais il ne savait dire que : *Nix sprachen deutch, helles bier, dunkles bier, lam, schwein, rint, links, rechts et gut morgen.*

« En sortant de l'étang, dégoulinante des pieds à la tête, Marion avait juste dit : "Pourquoi ?" Pourquoi s'était-elle fait renverser par un chien nommé Taxi dans un lac munichois ou bien pourquoi Louis l'avait-il regardée sans broncher de la berge ? Mais en fait, il s'agissait d'un pourquoi plus général, englobant une infinité d'autres questions beaucoup plus profondes et essentielles, un "pourquoi" universel du style : "Pourquoi moi ?"

« Jusqu'à présent Louis avait toujours considéré Marion comme une entité aussi éternelle et inévitable que la venue du printemps après l'hiver ou l'envie de boire une bonne bière fraîche après une longue visite de musée. À ses côtés, il croyait profiter du même statut mais cette défaillance infime venait de faire naître le doute en lui. Marion était submersible et pouvait se poser des questions aussi pathétiques que "Pourquoi moi ?"

« Chaque semaine, en achetant le journal télé, Louis se paie un friand à la charcuterie jouxtant le marchand de journaux. Ils sont excellents, même froids. Tout en marchant et en mordant dans son friand, Louis ouvre le dico franco-allemand au hasard. *Apfel* : pomme, *Heise* : lapin, *Schwere* : gravité, *Schwertpuntk* : centre de gravité. Voilà ce qu'il aurait pu répondre au pourquoi de Marion au bord du lac : *Schwertpuntk*, au lieu de brosser vainement ses vêtements tartinés de boue.

« Marion est en train de préparer du lapin en papillote quand il rentre. Ça sent la moutarde et l'estragon.

« — Dis donc, tu avais posé le vase bleu en équilibre sur la porte du frigo, si bien que quand je l'ai ouverte, il est tombé.

« — *Schwertpuntk*.

« — Quoi ?

« — Rien. »

19

Christophe se penche sur son assiette. Assis face
à lui, c'est mon visage que j'aperçois au-dessus de
ses épaules dans le miroir qui surplombe le dossier
de la banquette. J'ai l'air d'un bandit corse. Dans
ce genre d'équipée, je me clochardise à une vitesse
foudroyante. Le temps passe sur moi comme un
quinze tonnes. Le restaurant est pratiquement vide,
il a fallu insister pour qu'on nous serve. Dans la
voiture, j'ai eu une furieuse envie de friture avec du
vin blanc. Il n'y en avait pas. Nous avons pris deux
tournedos avec du rouge. Pourtant l'établissement
s'appelle *La Marine*. Il y a des sextants, des compas,
des longues-vues, des cordages un peu partout sur
les murs mais pas de poisson au menu. Je suis déçu.
Quand les hommes sont malheureux ils ne pensent
qu'à boire et à se faire marins. J'ai envie de dormir,
de me faire bercer mais je refuse de l'admettre.

— Pourquoi tu souris ?
— Pour rien. Je me sens soulagé.
— Tu as décidé quelque chose ?
— Oui.
— Tu vas te donner aux flics, c'est ça ?

—Oui.

—J'en étais sûr! Mais merde, on pourrait partir, passer une frontière, ça se trouve des faux papiers, tu pourrais faire venir tes enfants, te refaire une vie toute neuve! Je suis là, bordel, je peux t'aider!… Se rendre!… Pourquoi se rendre?… À qui se rendre?…

—À l'évidence, mon vieux, à l'évidence. Tu me vois jouer les Jean Valjean avec une fausse barbe? C'est bien plus simple que ça.

—Ben voyons! Un café et l'addition. Hop! cric, crac, terminé!

—On est dans la vie! Je ne suis pas le héros d'un de tes putains de bouquins! Je ne suis pas un héros du tout d'ailleurs.

—Comment tu le sais, tu n'as pas essayé? Et puis je m'en fous. Vas-y, va fabriquer des espadrilles pendant dix ans derrière des barreaux, moi, je continue.

—Mais c'est ridicule! C'est moi qui suis en cavale, pas toi!

—Qu'est-ce que tu en sais? Tu crois que tu es le seul à fuir quelque chose?

Le balai, passé de main experte entre nos jambes, vient clore le débat.

Dehors, la nuit s'effiloche en traînées de nuages entre lesquelles crépitent quelques pauvres étoiles. Je pisse contre la voiture, dru et longtemps. Mes mains sont vieilles, ma bite est vieille, l'Opel est vieille et Christophe, qui m'attend au volant, encore plus vieux. Je m'affale sur le siège à côté de lui.

— Voilà ce que je te propose. On va aller voir le soleil se lever, à côté d'Étretat, tu sais, là où on allait avec les gosses, là où la falaise ressemble à une part de gâteau. Et puis après... après il fera jour.

Je me contente de hausser les épaules. À vrai dire, je m'en fous. Ma vessie doit être liée directement à mon cerveau. En la vidant, je me suis complètement vidé la tête, le cœur et la moelle des os. Je suis une sorte de tube, ouvert aux deux bouts, incapable de prendre la moindre initiative.

La voiture sent le plastique, le bonbon à la menthe et le cendrier plein. On se croirait à la proue d'un bateau, les arbres s'ourlant de chaque côté de la route en une écume grise dans le faisceau des phares. Comme c'est agréable de suivre quelqu'un qui sait où il va. J'aurais dû le prendre en filature depuis la maternelle, je n'aurais pas eu besoin d'être moi ou de m'éreinter à le devenir. La route, la nuit, la musique, comment tout cela pourrait-il prendre fin ? J'ai l'intime conviction d'avoir toujours été fait pour l'éternité.

J'ai dû dormir un bon moment. La voiture ralentit, s'engage dans un chemin. Il n'y a plus d'arbres mais une étendue d'herbe rase écrasée par le poids du ciel alourdi de nuages immobiles. Au bout il n'y a rien et ce rien m'oppresse à mesure que la voiture s'en approche, lentement, encore plus lentement, puis s'arrête. Image fixe. Silence total. Christophe s'étire, bras tendus sur le volant.

— Le bout de la route, le bout de la nuit.

Son sourire serein, sa tranquille assurance, l'extrême platitude de ce qu'il vient de prononcer m'agacent prodigieusement.

— Le bout de rien du tout, oui! Où on est là? J'aime pas ce coin, cassons-nous.

— On est venus des dizaines de fois ici. Fais pas l'idiot, viens, le jour va se lever, c'est magnifique du haut de la falaise.

Il ouvre la portière et le vide s'engouffre dans la voiture avec un bruit de turbine. Je le vois s'éloigner de quelques mètres devant le capot, courbé en deux, les pans de son imper plaqués contre ses jambes. Voilà, le jour va se lever, notre héros va recevoir l'absolution des éléments déchaînés et puis, CRIC! CRAC! il va se livrer à la gendarmerie et c'est fini, violons, fin et générique. Ou plus con encore: il va me dire adieu en souriant et se jeter dans l'abîme comme un ange et disparaître entre deux nuages. Je donne un grand coup de poing sur le tableau de bord. La boîte à gants s'ouvre, vomissant un vieux torchon et une paire de lunettes borgne d'un verre. Quelle fin tarte, quel mauvais scénario!... Je me catapulte hors de ma coquille, prêt à lui hurler: «Dis donc, Christophe, t'as rien de plus original à me proposer?...» mais le vent me tasse les mots dans la gorge dès que j'ouvre la bouche. Si je ne m'accrochais pas des deux mains à la poignée de la porte, c'est moi qui m'envolerais. Je me jette à quatre pattes, les ongles plantés dans la terre. Au bord de la falaise, Christophe se retourne vers moi et me fait signe de le rejoindre.

— Rien à faire ! J'ai le vertige !

Le vent me rabat quelques mots : «Viens !
beau !… mer !… »

— Non !… toi revenir !… partir !…

Il ne veut rien savoir, continue d'agiter le bras, le
dos tourné au vide. Ce con va se casser la gueule à
gesticuler comme ça. J'avance vers lui comme un
animal, les yeux plissés, le vent plaqué sur le visage
comme les cinq doigts d'une énorme main.

— Christophe, merde, on se barre !

— Amène-toi, le jour se lève, c'est magnifique !
Donne-moi la main…

J'en ai rien à foutre, il se lève tous les jours. J'ai
froid, j'ai le vertige. Mes ongles lui labourent le
poignet. Il me traîne jusqu'au bord, là où il n'y a
presque plus d'espoir, rien qu'une malheureuse
touffe d'herbe à laquelle je m'agrippe.

— Alors, c'est pas merveilleux ?

Je n'ouvre qu'un œil, c'est bien suffisant. Je ne
vois pas ce qu'il y a de merveilleux là-dedans, rien
que de l'effrayant, des dents de rochers acérées, une
hauteur inconcevable, une meute de vagues déchaî-
nées, l'horreur sous un ciel méprisant vaguement
teinté d'un nuage de lait. Tétanisé, je suis incapable
de faire autre chose que de fixer et de fixer encore
le chaos. Mon front s'alourdit, comme attiré par
un aimant et là, je vois mon corps, démantibulé,
bras et jambes éparpillés, en vrac sur les rochers. Au
fond de moi j'entends une voix me dire : «Tu n'as

jamais été propriétaire de ton corps, juste locataire. »
Une vraie voix de sorcière proposant une belle
pomme bien rouge. C'est un cri qui lui répond, celui
de la bête en moi refusant catégoriquement l'appel
du gouffre. Je ferme les yeux, fais un bond en arrière.
D'un coup sec, ma main quitte celle de Christophe.
Il me semble entendre comme un coup de fouet, le
sifflement d'une balle, quelque chose qui m'a
manqué de peu en tout cas. Je ne cherche pas à
savoir, je roule dans l'herbe. M'éloigner de ce trou,
le plus possible, c'est tout ce que j'ai en tête. Jamais
je n'en serai assez éloigné. Rouler, rouler…

20

――――

« La petite est assise du bout des fesses au bord du canapé blanc. Elle a posé les lunettes de Marion sur le bout de son nez et tient dans ses mains l'Évangile selon saint Thomas ouvert à la page 25, là où Marion l'a laissé. À l'autre bout du canapé, Louis la regarde. C'est une petite fille de cinq ans qui s'ennuie. Elle s'appelle Mylène, c'est la fille d'une nièce de Marion. Elle la lui a laissée à garder pour l'après-midi, le temps d'un shopping. Louis a déjà joué à la bataille avec elle et lu trois petits livres, laborieux stratagèmes qui lui ont permis d'atteindre péniblement les trois heures de l'après-midi. L'ennui de l'une alimentant celui de l'autre, il règne dans la grande pièce blanche un silence qui donnerait presque envie de pleurer. La petite a fini par oublier la présence de Louis. Elle joue à Marion, elle imite sa façon de retirer et remettre ses lunettes. Elle dit avec son accent de bébé : "Y'a pas eu un coup de fil aujourd'hui ?…" Louis se souvient d'un jour passé en compagnie d'un perroquet. C'était chez des gens qu'il connaissait à peine, en Belgique, une très grande maison perdue au milieu des champs de boue. Pour une raison qu'il ne se rappelle plus, il s'était retrouvé seul dans la maison avec le perroquet, un gros gris avec une queue rouge. Il était en train de lire *la Vie des abeilles* de Maeterlink lorsque le bruit d'un bouchon de bouteille qui saute l'avait fait sursauter. Puis le raclement des rideaux tirés sur la tringle et la voix du maître de maison, bien reconnaissable à cause de son lourd accent flamand, suivie de celle de son épouse, haut perchée avec comme des glaçons dedans, jusqu'aux aboiements du chien, tout cela imité à la perfection. C'était hallucinant de vérité, surtout quand il s'agissait du maître et de la maîtresse. Au début, Louis s'en était amusé puis, au fur et à mesure, il avait éprouvé une certaine gêne. Il finissait par avoir l'impression d'être invisible et d'assister en passager clandestin à des conversations intimes, et même à une scène de ménage. Tout cela par bribes, entrecoupées du PLOP ! des bouteilles débouchées qui révélait chez ses hôtes un fort penchant pour la bouteille. En sa présence, ils se montraient courtois, un peu distants, voire guindés, mais le perroquet, peut-être parce qu'il se croyait seul (Louis ne bougeait pas dans un coin reculé de la pièce) venait de dévoiler les coulisses d'une vie aux apparences trompeuses. C'en était presque indécent. Louis avait passé le reste de la journée dans sa chambre au premier étage.

« Voilà ce qu'il ressent en observant la petite Mylène jouer à Marion. Et, chose curieuse comme le perroquet à propos de ses maîtres, elle se plaît surtout à imiter les travers les plus ridicules, les tics, les manies. Il est vrai que lui-même, depuis quelque temps, ne la voit plus que sous l'angle de la caricature. Il a bien fallu lui avouer qu'il n'avait plus d'argent. Elle n'a fait aucun commentaire, elle lui a même dit de ne pas s'en faire, qu'elle en avait suffisamment pour deux. Mais depuis, son comportement envers lui a changé. Pas beaucoup, juste assez pour agacer Louis comme une dent qui bouge. Elle lui demande moins souvent son avis, téléphone plus fréquemment à ses amis, impose plus volontiers qu'auparavant le choix des programmes de télévision. L'autre jour il a frémi lorsqu'elle lui a demandé s'il préférait être enterré ou incinéré. Il a répondu que ça lui était égal, que la mort était une histoire de vivants et qu'il allait chercher le pain.

« La petite fille en a marre de jouer à Marion, elle commence à jouer un peu trop près des carafes en cristal, des bibelots fragiles rapportés par Marion de ses innombrables voyages. Le chat blanc a tout de suite senti le changement d'attitude de l'enfant et s'est réfugié sous le vaisselier. Louis va devoir repasser de l'état de chose à celui d'être humain.

« — Dis donc, Mylène, il va être quatre heures, tu n'as pas envie d'un bon gâteau ?

« Ça lui fait tout drôle de se promener en tenant la main d'une petite fille, de régler son pas sur le sien. Il se sent maladroit, à la fois fier et intimidé, vulnérable et fort. L'enfant en profite pour vouloir tout ce qu'elle voit, une moto rouge, un plumeau multicolore, des ballons, des bonbons. Louis a l'impression de tenir un jeune chien en laisse qui soudain tombe en arrêt.

« — Ça !... je veux ça !

« Louis a un haut-le-cœur en suivant des yeux la direction que lui indique le petit doigt potelé. Il ne se souvenait pas du tout que la fête foraine s'était installée de l'autre côté du boulevard. Sinon, bien sûr, il aurait pris un autre chemin. Du plus loin qu'il se souvienne, il a toujours eu une sainte horreur des fêtes foraines, des cirques et en général de tous les endroits où s'amuser est une obligation. Les rares souvenirs qu'il en a ne sont que bagarres de militaires avinés, femmes obèses, nains terrifiants, qui lui déclenchent automatiquement une violente sensation de nausée.

« — Mais ton gâteau ?... Tu n'en veux plus ?

« — NAN ! Ze veux les manèzes !

« Deux solutions : soit attraper Mylène sous son bras, hurlante et gesticulante, fendre la foule comme un voleur d'enfants et l'attacher à une chaise en rentrant, ou bien baisser les bras et se laisser conduire à la fête comme un bœuf à l'abattoir.

« Il a fallu négocier fermement avec un petit garçon roux la place au volant de l'ambulance. À présent, Mylène tourne, se dilue et disparaît dans un tourbillon de lumière. Sournoisement, la nausée s'installe dans la poitrine de Louis. Il respire lentement, profondément. Surtout ne pas regarder le manège, n'importe quoi d'autre mais pas le manège, le ciel par exemple… Mais son regard accroche la grande roue qui, vue sous cet angle, semble venir droit sur lui. Partout où il essaie de porter ses yeux, ce n'est qu'engrenages, bielles, pistons en action destinés à le broyer. Le remugle huileux des frites, gaufres et autres pommes d'amour achève de le terrasser. S'asseoir, à l'instant même, ou bien s'écrouler dans la poussière au milieu des mégots, chewing-gums, tickets, bâtons de barbe à papa, cornets de papier, boîtes de Coca défoncées. Là-bas, entre deux stands, il lui semble distinguer une sorte de bidon, un truc rouge à hauteur de fesses. La foule a beau faire, il atteindra ce machin rouge, il le faut. Une fois assis dessus, il ferme les yeux. Trois secondes de plus et il tombait dans les pommes. Une sueur glacée lui couronne le front, ses jambes n'arrêtent pas de trembler.

« — Louis ?…

« Louis soulève une paupière. La tête d'Agnès lui apparaît en gros plan, coiffée d'un ridicule bonnet blanc.

« — Agnès ?…

« — Louis ! Mais qu'est-ce que tu fiches ici ?… Ça va pas ? T'es malade ?…

« Elle porte un grand tablier blanc et des sabots suédois, blancs aussi. Même sa figure est blanche, comme farinée. Peut-être est-ce cette vague ressemblance avec une infirmière qui le rassure, Louis reprend peu à peu ses esprits.

« — J'ai eu un petit malaise. Les fêtes foraines,

moi, tu sais… Mais toi, qu'est-ce que tu fais ici ?

« — Je travaille ! Tu viens de tomber dans les vapes juste à côté de mon commerce.

« Agnès lui désigne le camion contre lequel il est appuyé.

« — Le camion de frites ?

« — Oui ! Viens dire bonjour à Jacques. J'en reviens pas, il y a des jours… Tu sais pas qui j'ai vu tout à l'heure ?

« — Non.

« — Ton fils, notre fils.

« — Fred ?

« — Oui. Je ne l'avais pas vu depuis l'enterrement de mes parents. Les liens du sang ?…

« Pendant une fraction de seconde, Louis ne voit plus que du rouge, comme si toutes les autres couleurs avaient disparu, comme si c'était la seule et unique couleur du monde.

« — Viens boire un verre d'eau, t'as pas l'air dans ton assiette.

« — Si, si, ça va. Mais je suis avec une petite fille, elle est dans le manège, là-bas.

« — Eh bien va la chercher, je lui offre une gaufre avec dix centimètres de chantilly dessus.

« Tandis que Mylène se barbouille de crème jusqu'aux yeux, Jacques et Agnès font faire à Louis le tour du camion, comme s'il s'agissait d'un château Renaissance. Un business du tonnerre ! L'été sur la côte, l'hiver à la montagne et les petits extras, comme ici. Et lui, comment va-t-il ?… C'est à lui cette gamine ?... Est-ce qu'il n'aurait pas un peu grossi ?... Mais ces cheveux gris lui vont bien. Louis répond par de petits rires idiots, coincé avec Mylène dans un coin du camion. Jacques et Agnès continuent de servir des crêpes, des gaufres et des frites tout en le bombardant de questions. Il a l'impression d'être une marionnette dans un castelet de carton. Les gens qui tendent les mains pour attraper leurs commandes le regardent comme s'il était la femme à barbe, une attraction parmi d'autres.

« — On songe à s'agrandir, on a un autre camion en vue, plus grand, à des Belges. La bouffe, qu'est-ce que tu veux, ça marche toujours.

« — C'est sûr, je suis content pour vous. Bien, il va falloir que je ramène la petite à sa mère, les mamans, ça s'inquiète vite.

« Agnès lève les yeux au ciel.

« — Tu te fais du souci pour les mamans, toi maintenant ?... T'as changé. Il y a quelques années, il aurait fallu te traîner par les cheveux pour emmener ton fils à la fête.

« — Agnès…

« — T'en fais pas, Jacques, Louis ne se vexe jamais et puis il y a prescription, pas vrai, Louis ?... En tout cas, si tu veux voir ton fils, il passera ce soir vers neuf heures.

« Marion est en train de croquer une pomme en feuilletant le programme télé. Louis débarrasse la table.

« — Il y a un documentaire sur le Sri Lanka sur la 2 à vingt et une heures. Ma copine Fanchon y a été l'année dernière, elle a trouvé ça formidable. J'ai vu les photos qu'elle a rapportées, c'est…

« Le jet du robinet de l'évier couvre la voix de Marion. Louis n'arrive pas à décider, la fête ou pas la fête ? Voir son fils ou ne pas voir son fils ?

« Il peut y aller ou ne pas y aller, c'est égal. C'est comme s'il y avait une autre question derrière cette question, mais il ne sait pas laquelle. Depuis qu'il est rentré, il se bat avec ce point d'interrogation comme une truite au bout d'un hameçon, et cette indécision finit par contaminer le moindre de ses actes. "Je fais la vaisselle ou pas ? Je vais pisser ou pas ? Je me gratte le nez ou pas ?" C'est agaçant.

« — Louis, qu'est-ce que tu fais ?

« — Je vais à la fête foraine.

« — Quoi ?

« Voilà, ça lui est sorti d'un bloc, sans qu'il ait eu le temps d'y penser, comme s'il était une poupée de ventriloque et qu'une autre voix ait parlé à sa place.

« — Je vais à la fête sur le boulevard.

« — Je croyais que tu avais horreur de ça ?

« — Moi aussi, je croyais.

« — C'est en y allant tout à l'heure avec la petite que tu t'es découvert cette passion soudaine ?

« — Peut-être. Des souvenirs qui sont remontés.

« — Des souvenirs ?… Je ne savais même pas que tu avais un passé, tu es tellement discret là-dessus. Tu veux que je vienne avec toi ?

« — Je préfère y aller seul, si ça ne te dérange pas.

« — Pourquoi veux-tu que ça me dérange ? Je trouve ça curieux, c'est tout. Tu n'as pas la tête de quelqu'un qui va à la fête.

« — J'ai une tête de quoi ?

« — Une tête de gosse qui a fait une bêtise ou qui va en faire une. Enfin… n'oublie pas tes clefs, je suis vannée, je ne sais même pas si je verrai la fin de mon émission.

« — Je ne rentrerai pas tard.

« Marion monte dans la mezzanine. On entend le générique d'une émission. Louis enfile son manteau, hésite au-dessus du sac de Marion, puis l'ouvre et en sort deux billets de cinq cents francs qu'il fourre dans son portefeuille. Le chat blanc ne le quitte pas des yeux jusqu'à ce qu'il ait refermé la porte derrière lui.

« L'air de la nuit lui fait l'effet d'un linge humide sur le front. À nouveau il respire. Il se souvient du parfum de sa mère *Soir de Paris*, épais, bleu, dans un flacon de verre taillé, pareil à une énorme pierre précieuse. Une goutte derrière chaque oreille, pas plus, lorsqu'elle sortait le soir avec son mari. Ils se faisaient beaux tous les deux, on aurait dit les petits mariés qu'on pose sur les pièces montées. Louis aurait aimé qu'ils soient comme ça tous les jours. Malheureusement, c'était assez rare, un anniversaire de mariage, une promotion de son père. Le reste du temps ils n'étaient que de simples mortels.

« Au fond, c'est tout bête un corps. Il suffit de lui

donner à manger, de le faire dormir et ça avance, ça marche comme n'importe quel véhicule. Mais qui conduit vraiment ? Au fur et à mesure que Louis approche de sa destination, les musiques et les effluves de la fête se font de plus en plus présents, l'attirent comme un insecte pris dans le siphon d'un lavabo. Pourtant quelque chose en lui traîne les pieds. Il n'a plus rien à dire à Jacques ni à Agnès, pas beaucoup plus à son fils, lui filer deux billets de cinq cents francs, c'est tout. Il pourrait tout aussi bien les donner à Agnès et rentrer se coucher.

« La ville éphémère de lumières et de vertiges commence de l'autre côté du boulevard. Le temps que le feu passe du vert au rouge lui semble invraisemblablement long. Sa hâte de plonger de l'autre côté l'étonne. Un groupe de jeunes auprès de lui chahute en balançant des vannes. Il ne comprend pas un mot de ce qu'ils disent. Il traverse le boulevard dans leur sillage comme s'il y cherchait une protection.

« La fête n'est plus la même, la nuit. Louis ne s'y retrouve plus. Il a laissé les jeunes devant la grande roue. Certains voulaient y monter, d'autres pas. Il erre à la recherche du camion d'Agnès, ébloui, les tympans martelés de cris et du claquement sec des carabines. Ce n'est plus la nausée de cet après-midi, mais plutôt une ivresse, un peu épaisse, comme *Soir de Paris*, qui prend possession de lui. C'est tout à fait par hasard qu'il tombe sur le camion d'Agnès. Fred n'est pas encore arrivé. Il peut l'attendre là ou faire un tour de grande roue, c'est une copine d'Agnès qui tient la caisse. C'est superbe de là-haut, on voit tout Paris. Pourquoi pas ? En temps normal, Louis refuserait catégoriquement, mais en temps normal il ne serait même pas ici. Et puis cette griserie qui ne le quitte plus semble le protéger, il n'a plus peur de rien, ce n'est pas un ange gardien qui veille sur lui mais un garde du corps musclé. Tout l'amuse, tout brille, tout lui fait envie. Il se sent invité d'honneur et se comporte comme tel, intéressé par tout ce qui l'entoure. Il s'installe dans la nacelle de la grande roue comme un roi, les bras prêts à saluer la foule. Il s'élève. Le vent est plus fort, plus froid. Bientôt la fête n'est plus qu'une coulée de lave entre la masse des arbres. La nacelle se balance doucement à chaque fois que la roue s'arrête. Le ciel paraît plus proche que la terre. "Jamais je n'ai été aussi seul… et curieusement, ça ne m'angoisse pas un instant. Je ne peux plus avoir peur de la solitude puisque je suis unique, puisque les autres n'existent pas, qu'ils ne sont qu'un prétexte…" Dans la nacelle qui le précède, actuellement en contrebas, le jeune homme a enfin réussi à embrasser la jeune fille. Leur baiser doit avoir un goût de soda. Ils sont encastrés l'un dans l'autre. Ils pourraient être n'importe où. Ils y sont. Un coup de vent fait s'envoler le foulard de la jeune fille. Elle pousse un cri en portant la main à ses cheveux. Tous deux éclatent de rire. Tous les gens du manège suivent des yeux le vol zigzagant du foulard rouge.

« La sortie donne sur une autre allée, derrière, en face d'une loterie peuplée de singes en peluche bleue. Louis a une violente envie de pisser qui lui a pris au début du dernier tour. Il faut passer derrière les baraques pour trouver l'ombre propice. L'urgence de la situation lui fait tout de suite trouver un passage entre deux stands. Une profonde extase l'envahit à mesure qu'il se soulage contre la palissade de bois. "Je suis exactement là où je dois être, je ne peux me trouver qu'ici. Je pourrais presque dire que je reconnais cet endroit, comme si on me l'avait décrit une fraction de seconde avant que je m'y trouve. Quelqu'un me souffle mes actes, les anticipe imperceptiblement. Je suis le prétexte de quelqu'un d'autre." »

« Une violente poussée dans le dos le précipite contre les planches rugueuses sur lesquelles il pissait. Les dents, les lèvres, le nez éclatent sur le bois. Sans comprendre comment, il est à terre. Des coups pleuvent sur son corps. Il tente de s'en protéger, une main sur la tête, l'autre sur son sexe encore hors de sa braguette. Ils sont plusieurs à le frapper. Il ne voit que leurs jambes et leurs pieds, qui sous la douleur semblent se multiplier. Une pointe de botte lui arrache l'oreille, la musique du manège le plus proche s'engouffre dans la blessure, lui vrille le cerveau. Des mains le retournent, fouillent dans ses poches. On ne s'occupe plus de lui. Entre ses cils, il distingue deux silhouettes dans un rayon de lumière verte.

«— Mille balles.

«— Balance le portefeuille.

«— Attends… je voudrais savoir comment il s'appelle, ce con-là…

«— Balance ça, je te dis, et cassons-nous, Fred!…

«— Bon, bon, au fond je m'en fous de qui c'est.

«Le portefeuille de Louis a atterri tout près de sa tête. Les deux silhouettes disparaissent au coin de la baraque. Louis ne peut plus bouger. La machine ne répond plus. Il a mal mais ce n'est pas ça qui l'inquiète, plutôt cette poche d'encre qui vient d'éclater dans son ventre et qui le remplit de nuit. "Je fuis, je me dégonfle tout doucement… Je suis en train de mourir… J'ai été à la fête foraine avec une petite fille du nom de Mylène et j'en suis mort… dans l'herbe…"

«À trois mètres de lui, deux chiens s'enculent consciencieusement. Un bref instant ils s'arrêtent, au moment où le gargouillis sort de la bouche de l'homme étendu près des poubelles, puis ils reprennent leur activité, langue pendante, l'œil braqué sur la lune.»

21

Voilà. Louis a regagné son encrier. Je coupe la machine, pose mes lunettes, me frotte les ailes du nez, prends une cigarette que je n'allume pas. Je soupèse le manuscrit, je me rassure avec le poids des choses. Parce que cette histoire est devenue une chose, de tant de grammes. J'ai cru que Louis allait me démasquer lorsqu'il a dit : « Quelqu'un me souffle mes actes… » Il aurait pu m'échapper, s'échapper. J'entends Hélène, en bas, qui remue les meubles. Elle m'a dit qu'elle allait faire le ménage en grand, ce matin. Hélène fait toujours ce qu'elle dit.

Je ne me suis arrêté de rouler dans l'herbe qu'après avoir touché la roue de la voiture. Je suis resté allongé sur le ventre un bon moment à respirer à pleins poumons l'odeur d'essence, de moteur chaud, puis j'ai relevé la tête. Il faisait jour, petit jour, mais suffisamment pour constater l'absence de Christophe au bord de la falaise. J'ai crié son nom deux fois, trois fois, juste parce que c'est ce qu'on fait dans ces moments-là, mais j'avais déjà compris ce qui s'était passé. Je savais très bien ce que j'allais voir si je me penchais au-dessus du gouffre, un corps éclaté comme un vieux réveil sur les rochers, un corps qui ne serait pas le mien. Ce déplacement d'air que j'avais senti en me rejetant en arrière c'était Christophe, happé par le vide. Mon mouvement de recul avait dû le déséquilibrer et…

Le cul dans l'herbe, bouche bée, je recevais en pleine figure l'énormité des conséquences de mon geste de panique. Le ciel n'était plus qu'un immense zéro, bien rond, bien lisse. Je crois avoir balbutié : « C'est pas moi » ou bien : « C'est pas ma faute ». Ensuite, la peur ou l'instinct de conservation, comme on voudra, m'a pris en charge. Je n'ai même pas cherché à vérifier si Christophe était bien au pied de la falaise, à quoi bon ? J'ai failli prendre la voiture, mais une fois au volant, j'ai réfléchi. Pourquoi compliquer une histoire toute simple ? « Un homme en état de choc après le décès de sa femme tue sa belle-mère et va se suicider au bord de la mer. »

Quatre lignes de fait divers, pas plus. J'ai essuyé le volant, les bouteilles, les sièges, la poignée de ma portière. J'ai marché jusqu'au village comme un automate, sans rien voir ni sentir, les jambes raides, le vent dans le dos. Là, j'ai attendu le car pendant une bonne heure et demie. Il y avait un café ouvert, j'aurais pu aller y boire un café mais je ne l'ai pas fait. J'avais l'impression d'être aussi voyant que si j'étais peint en rouge. Je suis monté dans le car sans penser à rien. Une jeune fille s'est assise à côté de moi. J'entendais le BZZZ, BZZZ de son walkman tout près de mon oreille. Elle marquait le rythme de son pied gauche sans s'apercevoir que son genou frottait contre le mien. Elle devait me prendre pour une valise, un paquet. J'ai déplacé ma jambe. Des séquences de la nuit venaient rôder autour de moi, je les ai chassées comme des moustiques, je les ai renvoyées une à une à leur chaos originel. Plus tard, demain, mais pas maintenant. La route longeait la côte. Je me suis souvenu de ces cartes de France en plastique transparent dont il fallait suivre les contours avec la pointe d'un crayon, le front fuyant du Pas-de-Calais, l'œil froncé de l'estuaire de la Seine, la verrue de Cherbourg sur le nez du Finistère, la moue de la Gironde et le menton abrupt des Landes. J'aurais pu rouler dans ce car jusqu'à Saint-Jean-de-Luz sans détacher mes yeux de la côte.

Je suis descendu à l'église, les larmes au bord des yeux, les nerfs et les muscles tendus comme des cordes. C'était le jour du marché. Le crémier à qui j'achète mes œufs et mon fromage m'a fait signe de la main. Je ne me suis pas arrêté. Rien n'aurait pu m'empêcher de rentrer chez moi. Devant ma porte, j'ai eu un moment d'angoisse, je ne retrouvais plus mes clefs. Elles étaient tombées dans la doublure de ma veste. La première chose que j'ai faite a été de débarrasser la table des restes de la veille, le papier du fromage de tête, les bouteilles vides et les verres tachés de vin, le croûton de pain. J'ai tout lavé. Puis j'ai retapé le lit où Christophe avait dormi. Je ne voulais plus une trace de lui nulle part. Ensuite j'ai pris une douche et je me suis changé. Je suis allé à mon bureau et je l'ai rangé. Je me suis assis devant ma machine et j'ai glissé une feuille blanche dans le chariot. Voilà, il ne s'était rien passé, je venais de me lever, tout beau, tout propre. Au bout d'une minute à fixer la page blanche comme un crétin, je me suis senti pris de vertiges. J'ai comblé le vide en tapant des mots sans signification parmi lesquels revenait fréquemment « AZERTYUIOP ». Faire, n'importe quoi plutôt que le silence et l'immobilité. Je jetais les mots comme des brindilles dans un feu de bois, pour ne pas geler sur place, deux, trois, quatre pages à faire semblant jusqu'à ce que j'entende frapper à ma porte. Je me suis glissé derrière le rideau pour voir qui c'était. J'ai tout de suite reconnu la fille des Vidal, la championne des jeux télé. Plus loin, dans la rue, une ambulance était garée derrière une 4L beige. La fille a insisté, s'est reculée de deux pas pour scruter ma fenêtre. Je n'ai pas bougé, elle a haussé les épaules et elle est partie. Deux infirmiers sont sortis de chez les Vidal portant un brancard sur lequel gisait un corps entièrement recouvert d'une couverture grise. Ils l'ont fait glisser à l'arrière de l'ambulance comme les boulangers une fournée de pain dans un four. Madame Vidal est apparue, accrochée au bras de sa fille, le visage enfoui dans un mouchoir. Un des infirmiers l'a aidée à prendre place dans l'ambulance tandis que sa fille s'énervait sur la serrure de la grille. L'ambulance a démarré, la fille est montée dans la 4L. J'ai laissé tomber le rideau.

Hélène chantonne en passant l'aspirateur. Elle est heureuse d'être ici, de faire le ménage, de me savoir dans le bureau au-dessus. Nat et elle se sont réconciliées au téléphone. Elles se retrouveront à Paris. Elle pense que j'ai eu raison de convaincre Christophe d'aller se livrer à la police, c'est ce qu'il y avait de plus raisonnable à faire. Quant au décès de mon voisin, c'est triste mais, à cet âge-là, il faut s'y attendre, un jour ou l'autre… Bref, pour elle tout est rentré dans l'ordre, elle m'a juste trouvé mauvaise mine. Dans une semaine elle m'aura remis sur pied, je peux lui faire confiance. Ce qu'elle souhaite avant tout, c'est que je me débarrasse de cette saloperie de bouquin. Sans l'avoir lu, elle le déteste et puis, nous partirons en Angleterre ou ailleurs.

Et la peau du lac se refermera sans laisser de cicatrices.

LA COUVERTURE DE *la Solution Esquimau*
A ÉTÉ CRÉÉE PAR DAVID PEARSON
ET IMPRIMÉE SUR EDIT
ME BRUT EXTRA BLANC
PAR L'IMPRIMERIE
FLOCH / J. LONDON À PARIS.
LE TEXTE, COMPOSÉ EN MRS EAVES
ET GARAMOND, A ÉTÉ MIS EN PAGE PAR
LES ATELIERS GRAPHIQUES DE L'ARDOISIÈRE
À BÈGLES. CET OUVRAGE A ÉTÉ REPRODUIT
SUR ASTRID SABLE ET ACHEVÉ D'IMPRIMER
EN FRANCE PAR L'IMPRIMERIE FLOCH À
MAYENNE LE VINGT-DEUX SEPTEMBRE
DEUX MILLE SIX POUR LE COMPTE
DES ÉDITIONS ZULMA.

❦

NUMÉRO
D'IMPRIMEUR
66572

❦

IMPRIMÉ EN FRANCE